ドリフター２

対消滅

梶永正史

双葉文庫

目次

ドリフター2 対消滅

プロローグ

いま、自分がどこにいるのかを理解することができなかった。大粒の雨が身体を叩いているのに、その感覚は、まるでウェットスーツを着ているようで緩慢なものだった。視界は絶えずぐるぐると回っていたが、それは本当に身体が回転していたのかもしれない。膝から崩れ落ち、冷たい地面に両手をついて、幾度となく吐いた。

飛び散った自らの嘔吐物が、垂れ下がっていた長い髪にへばりついた。なにもかもが嫌になり、鬱々としたため息が白く漂う。

高架下にへたり込み、呼吸を整える。足もとを見るとヒールは片方しかなく、ストッキングを穿いていたはずの両脚は露わで、あちらこちらに、どこでついたのかわからない擦り傷があった。

凍えそうな夜で足先の感覚がなかったが、それが寒さのせいなのか、それとも酔いすぎて身体が悲鳴を上げているからなのかはわからなかった。

大学の友人に誘われて飲み会に行ったが、途中から記憶がなかった。

ここはどこだろうか。飲んでいたのは道頓堀近くのバーだったが、その後は……。

メッセージアプリの通知音が鳴った。バッグからスマートフォンを取り出そうとするが、腕は自分のものとは思えないほど重かった。

こんな状況でも、メッセージが入れば最優先で確認してしまう。普段から、スマートフォンが振動したような気がしてディスプレイを覗くも、気のせいだった——ということが多々ある。

幻想振動症候群、とも呼ばれるようだ。要するに、寂しい思いをするあまり、メッセージがきたように感じるのだ。

大学進学を機に、徳島の山間部にある小さな村から上阪してきた。もともと社交性があるわけではなかったが、馴染もうと必死だった。どこか上辺だけの友達。それでも繋がりを持とうと、夜中でもすぐに返信できるようマナーモードにすることはなかった。

スマートフォンをようやく取り出し、ぎこちない指先でロックを解除する。

『拡散されたくなければ、誰にも言わんでね』

もともと目眩《めまい》に似た状態ではあったが、それを見たときは、一瞬、思考が凍りついた。

そして理解し、気が遠くなった。

そのメッセージに添えてあった動画は、数人の男たちと行為に及ぶ自分の姿だった。

決壊したダムのように、記憶が一気に押し寄せてきた。

飲み会は男三人、女二人だったが、二杯目のカクテルの味がおかしいと思ったあたりから記憶が曖昧だった。

その動画を停止させることも、目を逸らすことすらできず、それは記憶の扉を無理矢理こじ開けた。男たちの奇声や、抵抗したくても体が動かず、泣くことも叫ぶこともできない——。

『楽しかったで、また遊ぼうな』

男からのメッセージに、悔しくて涙が出てきて、地元を離れることを心配していた母親の顔が浮かんだ。大阪に向かう日、バスを乗り継いで徳島駅まで見送りに来てくれた……。

もういやだ……死にたい。

立ち上がろうとして、足がもつれる。

アスファルトの欠片が素足に食い込んだ。吐き気が襲うが、すでに吐き尽くしてしまったのか、胃液が喉を焼くだけで、なにも出てこなかった。

身体のすべての器官が機能を停止してしまったように、視界は暗転した。凍えたアスファルトの感触だけが頬に伝わってくる。

ああ、私は倒れているのか。もう……どうでもいいや。

ずぶずぶと、意識が沈み込んでいくような感覚だったが、抗うことはしなかった。

その時、まるで沼に沈んでいく身体を、襟首を摑んで引き戻すような声がした。

「大丈夫ですか?」

男の声だった。閉じかけた瞼が痙攣しながらも開いた。

頭が重くて持ち上がらず、見えたのは汚れたスニーカーとトレンチコートの裾だった。

ホームレスだ。ホームレスに心配されるとか、最悪。終わってる。

「放っておいて」

そう言いたかったが、声にはならなかった。

どこでもいい。とにかくこの場から消えてしまいたかった。


——目が覚めると病院にいた。一一九番通報があり、救急搬送されたようだった。

担当した医師の説明によると、違法薬物を投与されていたようで、胃の洗浄も行ったという。あの男らに飲まされたものだろう。

警察も来たが、薬物のことを言えば、あの動画を拡散されてしまうかもしれない。そうなったら、大学生活も、この先就職しても、実家に帰ったとしても、つねにそれはネットの世界を漂い、ふとしたことから個人を特定され、後ろ指をさされる……。

だからなにも言えなかった。自分の中だけに留めてさえおけば——あの忌まわしい経験と共存する覚悟さえ持てば、今後、素晴らしい人と出会い、あたたかい家庭を築くことで、若気の至りとして忘れられるのではないか。

だから、ただ黙秘した。

所持品にスマートフォンはなかった。声をかけてきたホームレスが持ち去ったのだろう。

しかし苛立ちはない。いまは誰からのメッセージも見たくなかったから、むしろありがたく感じた。

夕方に大学の友人が見舞いに来た。昨日、飲み会に一緒に行った子だ。

軽く話したことがある程度で、特に仲がよかったわけではなかったが、飲みに行こうと誘われた時に断るという選択肢はなかった。友達が欲しかったのだ。

「ちょっと心配したわー」

見舞いに来てくれたことは嬉しかったが、その声を聞いて、どういうわけか心が騒いだ。

「ごめんね、心配かけて。ちょっと貧血で……でもすぐに退院できるみたいだから」

「もー、飲み過ぎやん。あんたすぐに酔い潰れてしもうたから、一緒に帰ろうとしたんやけど。先輩が帰り道だっていうから任せちゃったんだけど……」

フラッシュバック——急に息苦しくなる。

バーで、意識が朦朧としてテーブルに突っ伏していた。そのときに聞こえた、彼女と先輩たちの会話が蘇ってきた。

「ここまででオッケーよ、これ約束の金。お疲れちゃーん」

男が言って、女が笑う。

「ほんと、あんたらさ、ヘンタイよねー。調達する女のタイプもバラバラやし、女だったら誰でもええんやないの？」

マジそれー、と他の男のふざけ声が聞こえ、男が突っ伏した私の髪の毛をかきあげる。

「これまた地味な子をチョイスしたなー」

「もうさ、春はみんな浮かれとるから入れ食い状態なんやけどさ、この時期はみんな警戒するわけよ。もう選択肢があまりないわけ」

「おかげで、あたしの友達もだいぶ換金してもうたし」

「換金って、マジうける！」

ギャハハと笑い声。

……そうか、私は騙されたのか。この、女に。

「ん、どないしたん？　どこか痛いの？」

唇を嚙み締めて睨んでいたからか、女が首を傾げる。

いったいなにをしに来たんだ。笑いものにしたいのか。

そう思っていると、女が顔を覗き込んできた。

「その先輩たちのことなんやけどさ、なにか覚えてへんの？」

疑うような目を向けられるが、首を横に振るしかない。

「いまさ、大学は大騒ぎなんよ」

「……どうしたの？」

「その先輩たちね、みんな退学するんだって」

「えっ……なんで？」

「よくはわからへんけど、昨日、みんな大怪我をして病院に運びこまれたんやって。そして、なんでか知らんけど、揃って警察に自首したんやって。なんか……女に薬を飲ませて、乱行パーティーみたいなことをしてたんやって。せやからあたしはあなたが心配で――」

心配なのは、あの男たちに女を供給していた自分のことだろう、と言ってやりたかったが、いったいなにが起こったのかが気になった。

すると女はスマホの画面を見せてきた。そこではっとする。

それは動画投稿サイトにアップロードされたニュース映像で、『大学生三人が襲われる』とテロップがあり、防犯カメラに映るトレンチコートを着た男の後ろ姿だった。

「こいつが襲ったらしいんやけど、誰なんか知らへん？」

この感じ……まさか。

そこに看護師がやってきた。

「いま受付にこれが届きましたよ」

自分のスマートフォンだった。

「あの、これを届けてくれたひとって？」

「それがすぐに帰られてしまって、名前は伺えませんでした」

「どんな人でした？」

「そうですね、三十代半ばの男性で身長は結構高かったな、一八〇センチくらいですかね。まあ、ちょっと──」

言いづらそうに口ごもった。

「……ちょっと、綺麗な感じでは……なかったとか」

看護師は申し訳なさそうに笑う。

「そうなんです、心当たりありますか？」

間違いない、あの男だ。トレンチコートのホームレス……。

いや、ホームレスとは限らないが、いずれにしろ、あのとき自分の身になにが起こったのかを理解して、おそらくこのスマートフォンから相手を特定したのだろう。

しかし、自分ですら連れこまれたマンションの場所は知らなかったのに、いったいどうやって突き止めたのだろう。

ロックを解除してみると、メモアプリが開いてあった。

『もしあいつらが、あなたに対してまたなにかをしようとしたら、掲示板でもSNSでもいい、ネットにこう書き込んでください。ティーチャー、ティーチャー、ティーチャー』

意味はわからなかったが、まだ見守ってくれている。そう思うと勇気が出た。

「どうかした？」

友達気取りの女が首を傾げる。

「アルバイトも終わりね」

拳を握り締め、ひとり頷く。そして、刑事が残した名刺の番号に電話をかけた。

＊＊＊

東京都墨田区と江東区を走る東武亀戸線《とうぶかめいど》は、亀戸と曳舟《ひきふね》の間を結ぶ路線で、全五駅しかない。そこを行き交う車両は二両編成のワンマン運転で、東京二十三区にありながらローカル線のような雰囲気を持っている。

そのうちのひとつ。小村井《おむらい》駅で降りた曽根《そね》は、吹きつけた二月の空っ風にコートの襟を立てて対抗した。コンビニに立ち寄り、昆布のおむすびとタマゴサンドを買う。いつもの朝食だ。

最近、ようやく使い始めた電子マネーで会計し、ビニール袋はもらわずにコートの両ポケットに購入したものをねじ込むと、そこから五分ほど歩き、向島《むこうじま》警察署の前にある信号で足を止めた。不思議と、いつも赤信号な気がする。規則正しい生活をするとそうなるのだろうか。

定年が目前に迫ってくると、これまでの不規則な生活から解放された。それが、第一線から退いたようで寂しかったが、冷たくも高い青空を見ていると、それもいいかと思った。

刑事生活三十年。これまで苦労をかけてきたから、長い休みをとって妻と旅行にいく計画を立てていた。

ただ、これまでも事件が起きれば呼び出しをうけて、ささやかな休日が幻になってきたので信用されていない。だが、今度こそ大丈夫だろう。

そんなことを考えながら信号待ちをしていると、立番の若い警察官が、ぼんやりと空を見上げている曽根を見つけて道の反対側まで駆け寄って叫んだ。

「曽根さん！　お客さんです！」

早く渡ってこいと言いたげだが、交通量の少ない狭い道路だとしても、刑事の職にあって赤信号を無視するわけにはいかない。というよりも、曽根としては事件ではないのなら朝から騒ぎたくはなかった。

「誰だよ」

「分からないんですけど……外人さんです！」

向島署は東京スカイツリーの東側エリアを管轄しているが、小さな町工場や住宅が広がるところで、観光客が訪れるような場所ではない。それに『外人さん』とひとくくりにされても誰だか分からない。

心当たりがあるとしたら、無銭飲食に遭ったカレー屋を営むインド人夫婦くらいだが、それは一ヶ月も前の話で、すでに犯人も逮捕されている。

信号が青になって横断歩道を渡る。

「お前なあ、警察官ならもっと詳細に言えよ」

「えっと、白人でした」

「そうじゃなくて、どこの、誰で、用件は」

「訊いていません」

「んだよ。はじめて外人を見るわけじゃあるまいし、騒ぎすぎだ」

署内に入ると、今年着任したばかりの中堅の刑事がバトンを受けたかのように駆け寄り、目線で奥の扉を示した。

「いま応接室で待ってもらっています。曽根さんに直接話すとしか言わなくて……」

曽根はコートを脱ぐとそれを部下に渡し、潰すなよ、と朝食の入ったポケットを示す。

それから応接室のドアを開けた。

向かい合わせのソファーの奥に並んで座っていた二人の『白人』が立ち上がった。

どちらもスーツ姿で身長は一八〇センチを超えている。ひとりはがっちりとした身体つきで金髪のオールバックに、見る者の体温を奪うかのような青い目。もうひとりは対照的に細い身体つきで、黒縁眼鏡にぼさぼさ頭。どちらかというとオタクのような雰囲気だ。

マイネームイズ曽根。ナイストゥミーチュー——などと言ったところで後が続かないので、日本語で押し切ることにした。

「お待たせしました、曽根です。どのようなご用件でしょうか」

するとオタク風の男が頭を下げる。

「突然お伺いして申し訳ありません。私はジョナサン・ローム、こちらはアルフレッド・マイヤーズと申します」

流暢な日本語だった。長く日本にいるのかもしれない。

つづいて、それぞれが差し出した名刺を受け取る。

ジョナサンのものには日本語と英語で『アメリカ大使館』とだけ表記があったが、マイヤーズのものは英語表記のみだった。しかし鷲が横を向いたイラストと共に羅列されたアルファベットの頭文字を並べて思わず声が上ずった。

「CIA?」

ジョナサンはうなずくと、ソファーを勧めた。自分の署の応接室なのに、ずいぶんと居心地が悪く感じる。

曽根は刑事になる前から物事を鵜呑みにしない性格だった。名刺一枚で身元を信用することはできない。こんなものはいくらでも作れるし、もしあとで騙されていたとわかったら警視庁で笑いものになる。

この二人が何者なのか、今の時点ではまだわからない。

ジョナサンはその心を読み取ったかのようにうなずいた。

「アメリカ大使館の電話番号を、ホームページなどご自身で調べていただき、問い合わせてもらえれば我々の身元を保証してくれます」

目で、どうぞ、と促していた。

日本人は〝なぁなぁ〟で済ませると思われたくない。

曽根は、ちょっと失礼、と断ってドアを開けると、先ほどの中堅の刑事に声をかけて二枚の名刺を託した。それからソファーに戻る。

まずは二人の話を聞こう。なんの用かは知らないが、こちらが情報を渡すのは身元がはっきりしてからだ。

「それで、どのようなご用件でしょうか」

アルフレッドが一枚の写真を机に置いた。防犯カメラのものだろう。夜道を歩くトレンチコート姿の人物で、背中を向けているために表情まではわからない。

アルフレッドが地鳴りのような低い声でなにかを話し始める。日本語は話せないようだ。要所要所で通訳のための間をつくり、ジョナサンはその言葉を日本語に変換していく。

「我々はこの男を捜しております」

曽根は苦笑いをする。後ろ姿だけでは答えようがない。そもそも人種も、性別だって男だと決めつけられない。

「これは四時間ほど前に、大阪で撮影されたものです」

ということは今日の未明ということになる。

「この情報はじきにマスコミやネットに上がると思いますが、この本人がそれを見て、また姿を消してしまう前に確保したい」

また？

曽根は慎重に訊く。

「とは言われましても、これだけじゃあわかりません。それにどうして私なんです？」

それを受けてアルフレッドの口から飛び出した人物の名前を聞き、曽根は息を呑んだ。

「豊川亮平《とよかわりようへい》……？」

二人は曽根の反応を探るように頷いた。

「あなたは彼を逮捕したことがあるんですよね？」

「いえ、逮捕ではありません。ある事件の加害者として自ら通報してきたんです。私は取り調べを行っただけで」

ジョナサンはひょいっと指を外に向ける。

「その後、スカイツリーの展望台でも会われていますよね」

喉の奥で唸る。知られていることについては答えるしかない。

荒川河川敷で多数の男が倒れており、救急搬送が必要との通報を受けたのは昨年の夏の夜のことだった。倒れていたのは、ホームレスを見つけては常習的に暴力行為に及んでいた連中だったが、この日はそのホームレスに返り討ちにされたという。

それが豊川で、通報も彼によるものだった。その日、当直だった曽根は、任意同行に応じた豊川の取り調べを担当した。

身元を調べたところ、豊川は元陸上自衛官で、旅行先のバリでテロに巻き込まれた。その際に恋人を亡くし、記憶喪失となり東南アジアをさまよった果てに、日本に帰国してホームレスとなっていた。

その後、身柄は警視庁捜査一課の宮間一郎《みやまいちろう》警部に引き渡されたが、宮間は後日、薬物を投与され死亡、豊川は姿を消した。

その豊川と再び対面したのは東京スカイツリーの展望台、正しくは展望台の上の屋根部分だった。

なぜか、死んだはずの宮間を名乗る刑事から通報があった。曽根が現場に到着したとき、そこには銃弾を受けて重傷を負った豊川と、国籍不明の男の死体があった。状況的にこのふたりが撃ちあったものと思われた。

また直前には、自衛隊のヘリがその場から何かをぶら下げて飛び立ったとの証言もあり、ただならぬことが起こっていたことは想像できた。

豊川には宮間と自衛隊幹部の殺害容疑がかけられており、回復を待って話を聞くことになっていたが、入院先の都立病院から逃走。現在、指名手配されている。

その彼が、大阪にいる?

「なにかお心当たりはありませんか」

その声にふっと顔を上げる。

「なぜ私が知っていると？」

片手を顔の前で振るジョナサンの仕草は、まったく日本人のようだった。

「いえいえ。他意はありません。最後に会われているので聞いてみただけです」

しかしアルフレッドのほうは鋭い目を緩めない。突き刺すような視線をまっすぐに向けていて、まるで自分が容疑者になってしまったようで居心地が悪かった。

「それで、ＣＩＡと豊川にどんな関わりが？」

顔をしかめるジョナサンに、曽根はため息をついて背もたれに身体を預ける。

「ま、教えてはいただけないんでしょうが」

「すいません」

するとアルフレッドがつらつらと話しはじめた。今度は通訳を入れる間を空けずに喋っているが、あくまでも冷静な口調だった。

二分ほどして、ジョナサンに譲った。

「実は、彼は豊川と面識があるんです」

えっ、と曽根は身を乗り出す。

「彼は元々軍人でして、所属していたデルタフォースと、豊川の部隊が共同訓練をしたことがあります。模擬戦闘です」

デルタフォースは、主に対テロ作戦を行うアメリカ陸軍の特殊部隊だ。世界各地の紛争地域で活動しており、隊員は陸軍の中でも特に優秀な者が集められると聞いた事がある。

「共同訓練は各国の特殊部隊と行ってきましたが、彼がデルタフォースにいた九年間で模擬戦闘に敗れたのは一回だけです。それが、豊川率いる陸上自衛隊統合幕僚監部の特殊作戦群でした」

　ほう、と呟き、曽根は訳もなく誇らしくなった。

「豊川は個人として戦闘能力も高いですが、戦略にも長けていたようです。真正面から攻撃・撤退を繰り返してデルタの大半を引きつけつつ、自身とたった一人の隊員を連れて逆方向から潜入し、忍者のようにデルタの隊員を倒したんです。ほとんどがナイフでやられたので気付いた頃には半数になっていたとか」

　アルフレッドもそのことを思い出したのか、悔しそうな顔をする。ともすれば本当に仲間を殺された仇を追うような目だ。

「そんな有能な男だから、豊川は逃亡先でめったに尻尾を出さない。それをようやく摑んだのがこれなのです」

　ふたたび写真に目を向けた。これはトレンチコート姿の……豊川？

「なぜこれが豊川だと？」

　向かいに座る二人は顔を見合わせた。どうせまた機密だから話せないというのだろう。

　ジョナサンが言う。

「豊川は……正義感が人並み以上に強かったようですね」

「まあ、そういうところもありますかねえ」

話の道筋が見えず、当たり障りのない回答をした。

実際、荒川での乱闘は、襲われている仲間を助けるためだったと聞いている。普段は隠している戦闘能力が発揮されるのは、やはり誰かを守る時ではないのかと思う。

「この映像が撮影されたマンションで、傷害事件が起こっています。三人の大学生が襲われたのですが、どういうわけか三人とも犯人のことについては語らず、代わりにこれまでの罪を告白しているというのです。不思議ですね」

豊川が、大学生を？　若い学生に暴力を働くとは、いくらなんでもやりすぎだ。

「その大学生はなぜ襲われたんですか？」

「女性に薬物を飲ませ、性的暴行を働いてきたようです」

大学生に対する同情が、すうっと消えた。

確かに暴力で解決するのは警察官としては認められないが、警察官だからこそ感じる〝正義〟の限界もある。それをやすやすと超えていく豊川が、羨ましくもなった。

刑事として犯人を捕まえたとしても、犯した罪に対する刑罰がつり合っていないこともあるし、被害者の心の傷までは癒せないことが多々あるからだ。

「しかしですね、それだけで豊川の犯行とは言えないのでは。この写真だって、豊川なのかも不明です」

するとアルフレッドが、つぶやくように、ゆっくりとした口調でいった。

「TEACHER, TEACHER, TEACHER」

ティーチャー……？

「おまじないか暗号ですか？」

ふたりに、じっとりとした視線を向けられて気持ちが悪かった曽根は、あえて軽口を言ったが、それでも曽根に向けられた嘘発見器のような視線は止まなかった。

そこにノックの音がして、曽根は安堵《あんど》のため息を悟られないように鼻からゆっくりと吐いた。

ちょっと失礼、と言ってドアを開けると、部下が耳打ちした。

「大使館に確認がとれました。ふたりとも大使館職員という身分のようですが、ＣＩＡ職員の名刺を渡されたと伝えたところ、本庁の公安部から連絡が入りました。間違いないそうです」

曽根は小さく頷いて了解を示すと、ふたたびソファーに戻る。

「お二人の身分の確認はとれましたので、私としてもご協力したいのですが、いかんせん情報がありませんで」

「そうですか。では彼について分かったこととか、姿を見たとか、曽根さんに連絡してきたとかありましたら、いつでもお知らせください」

「もし、そんなことがあれば、ええ、了解です」

立ち去り際にアルフレッドが言った。それは訳されなくても理解できた。

——ドリフター。

そう、豊川は神出鬼没の流れ者だ。見つけ出すのは難しいだろう。

第一章　蘇る陰謀

大阪西成《にしなり》。あいりん地区とも呼ばれた日雇い労働者が集まる雑多な街だ。

かつては劣悪な環境や治安の悪さで大阪の中心に位置しながらも人を遠ざけたが、いまでは交通の便の良さなどが再認識されて、再開発が進んでいる。

あいりん地区の象徴ともいえる職安も閉鎖され、巨大なホテルも開業した。海外からの旅行客も多く訪れ、暴動などが頻発していた面影は姿を消しつつあった。

急速に姿を変えるこの街でも、昔ながらの景色が残っているところもある。西成の中心地にあるここ三角公園もそのひとつだった。

「スーさん、コートどないしたんや」

炊き出しの列に並んでいたところに、やせっぽちのシローが声をかけてきた。

スーさん、つまり鈴木《すずき》と名乗っている豊川亮平は、振り返りながら頭を掻いた。

「ああ、おはようございます。それが酔っ払っちゃって、どこかに忘れたみたいなんです」

「あほやなぁ。この寒い時に忘れとうても忘れられんもんナンバーワンやないか」

シローは、ほとんどの歯を失った口を大きく開いて、愉快そうに笑った。

「フリーマーケットは来週やさかいな、それまで大丈夫かいな。まだまだ冷えるで」

「まあ、なんとか」

「ほんま、ようわからん男やなぁ」

ここの連中は、あまり詮索をしてこないが、豊川が偽名を使っているのは、自分だけでなくこの街のひとたちを守るためでもあった。

豊川は復讐のために、ある組織を追う立場だったが、同時に追われる身でもあった。

浸透《しんとう》計画――それは中国共産党本部直下の組織で、幼少から日本人として育てた者を工作員として日本に送り込む。工作員は日本人として生活し、学校へ行き、就職し、出世し、様々な分野の要職に就く。それはいまや政治経済からスポーツや芸術文化などの中枢にまで及んでいるとされ、〝来るべき時〟を待っている。

それは、水面下で日本を占領する、という計画だ。

豊川が愛した女性、詰田芽衣《つめだめい》は浸透計画の一員だった。かつて、陸上自衛隊特殊作戦群を経て、後に防衛省情報本部で諜報活動に従事していた豊川に接近し、情報を得るのが目的だった。

しかし互いに本気で愛し合うようになったために、中国側を裏切り、芽衣は浸透計画の急進派が起こしたバリ島でのテロに巻き込まれて死んだ。

テロを起こしたアザゼールという組織は豊川が事件後に壊滅させた。そして、アザゼールを裏で操っていた浸透計画の実行犯に対する復讐劇が、東京スカイツリーでの死闘だった。

浸透計画は東京での大規模テロを目論んでいて、そいつらを潰すことは芽衣の復讐でもあった。激しい死闘のすえにテロは防いだものの、その報復のために東京に刺客を送り込まれる可能性もあった。決して豊川ひとりでは防げなかった。信頼できる協力者や、バックアップしてくれた自衛隊内の秘密組織の存在もある。しかし深手を負った豊川では即応できない。そのため東京から離れた大阪に潜伏し、回復を待ちながら様子を見ることにしたのだ。

「今日はなんやろなぁ。お、肉吸いと卵かけごはんやないかい。ようわかっとるな」

シローの間の抜けた声に我に返る。もらった炊き出しを大事そうに抱えて通り過ぎる男たちを見ながらシローは小躍りしている。

「シローさんの大好物ですね」

「おうよ。こんなしょうもない人生で、唯一の楽しみいうやっちゃ」

この周辺ではNPOなどが炊き出しを行っていて、大袈裟ではなく命を繋いでもらっている者も少なからずいる。

シローが咳き込んだ。喉の奥からヒューヒューと音がしている。

「薬、ちゃんと飲んでますか」

「んなもん、とうの昔に切れてもうたがな。でも、ま、飯食わしてもろうたらすぐに治るわ」

金は使ってしまったのだなと、豊川は呆れた。

「言ってくれれば」

「なに言うてんのや。コートなくしても買われへんやつに頼れるわけないやろ」

「それもそうですが」

シローは、列の空いたところに、豊川を押しやるようにして、満面の笑みを浮かべた。

「おお、ヨウコちゃん、今日もべっぴんさんやね」

列の先頭で、炊き出しをよそってくれる彼女が首から下げているネームカードに苗字はなく、可愛い手描き文字で〝ヨウコ〟とだけ書いてある。

「うち、それだけが取り柄やねん」

二十代半ばくらいだろうか。垢抜けた彼女の笑顔にはいつも癒される。

「あれ、スーさん。寒くないん？」

ひとりひとりの名前を覚えているのも、活動に対する熱意を感じる。

「こいつ、酔っ払ってもうて、どこぞにコートを捨てたらしいねん」

シローが鬼の首を取ったように宣言した。

この街では些細なことでも笑い話にしてしまう。境遇を笑いで吹き飛ばそうとしているのかもしれない。

「風邪ひかんといてよ。これ食べて温かくして」

「ありがとうございます」

炊き出しを受け取った豊川は公園のベンチに腰をおろしたが、シローはカップ酒をちらつかせる西成住人の輪に引き込まれていった。

豊川がここにいるのは潜伏のためで、実は金に困っているわけではない。食べようと思えばなんでも食べられるし、コートを買うこともできる。

しかし溶け込むには周りと同じ行動をとる必要があるため、なにかと気を遣う。ひとりでこっそり美味いものを食べるわけにはいかない。

そのため、この食事は一日ぶりだった。炊き出しをありがたく思えたし、それに実際に美味かった。

「ね、今夜暇やない？」

声をかけられ、肉吸いのプラスチック製のお椀に口をつけたまま顔を上げると、ヨウコが目の前に立っていた。

「え？」

「せやから今日の夜なんやけど、暇やないかなって」

「まあ、特にすることはないような」

ヨウコは、でしょうね、と笑う。

「ほんなら旭区の市立図書館まで来られへん？　夜七時からなんやけど」

「なにかあるんですか？」

「うん。古着の仕分け作業があんねん。ほんでな、手伝ってもろうたらコートをひとつ持っていってええよ、って思うて」

「それは助かります」

「よっしゃ、じゃあ決まりやね。ほな、またあとでなー」

ヨウコは立ち去りかけたが、足を止め、くるりと振り返る。

「な、ところでスーさんは何者なん？」

「え……何者もなにも。恥ずかしながら、見てのとおり落ちぶれた者でして」

「ここでは過去を詮索なんてせんけど、スーさんはただの流れ者には見えんのよね」

ヨウコは細めた目で豊川を見る。

豊川は、そんなこと言われても、と頭を掻く。

「誰かに追われてんのとちゃうん？　借金？　女？」

「そんなことないけど」

厳密に言うと、浸透計画には追われている。もちろんそんなことは言わないが、その一瞬の表情の揺らぎを見てとったのかもしれない。ヨウコが神妙な顔つきになった。

豊川は慌てて聞く。

「どうしてそんなことを？」

「女の勘いうやつや。あたし人を見る目はあるから。なんか、裏ですごいことやってそう」

「リストラされてここに流れてきただけですって」

ふうん、と値踏みするような目で見る。

「で、左手どうしたん？」

「え？」

「左手さっきから、痛そうにしてるやん」

無意識に触っていたようだ。

「酔っ払って転んだのかな。記憶にないっていうのが、ほんとに困ったもので」

ふーん、とまた目を細める。

「ま、ええわ。ほな、また夜にね」

ヨウコの後ろ姿を見送りながら、ここ最近の自身の行動を振り返った。

詮索したくなるほど挙動不審だったのだろうか……。

潜伏するには完全に溶け込まなくてはならないのに、それが出来ていないのではないかと不安になった。

豊川は早々に食事を平らげると、ねぐらに戻った。そこは一泊千円の宿で、もともと六畳間だった部屋を真ん中で仕切っているから一部屋は三畳くらいだろう。薄い板で間仕切りされた鰻の寝床のような部屋だ。

部屋の隅にサイコロのような小型冷蔵庫が置いてあり、その下の板張りの一枚が外せるようになっている。そこに手を突っ込んでスマートフォンを取り出した。中には他に現金が百万円ほどと、死んだ宮間一郎の警察手帳が入っている。

板と冷蔵庫を元あった場所に丁寧に戻すと、また外に出た。

観光客でにぎわう新世界を抜けて天王寺公園の大階段を上る。公園の天王寺駅側は、オシャレスポットに様変わりしており多くの若者で賑わっているため、枯れ草を踏んで、改修中の市立美術館の脇にあるベンチに腰を下ろした。

ワイヤレスイヤホンを片耳に挿入し、ボタンを長押しする。ポケットに入れたスマートフォンと無線接続されており、登録された番号に電話をかける。

相手とはワンコールで繫がったが、開口一番に言われた。

『あんまりさあ、派手なことはしないでよね』

ティーチャー――変声器を通した女の声だが、その実は男だ。

浸透計画に対抗しようと立ち上がった時、豊川には何人か仲間がいた。

ひとりは捜査一課の宮間一郎刑事だ。

自分がホームレスを脱し、復讐とはいえ生きる希望を見出せたのは彼のおかげだ。父親のように接してくれた恩人とも呼べる人だったが、浸透計画の刺客によって殺害された。

いま電話で話しているのは宮間の息子の功一郎《こういちろう》だった。彼もまた刑事で、公安部に所属していた。しかし浸透計画を追っている最中に襲われ、四肢麻痺の状態になる。復讐の機会を窺い、そこで豊川と出会った。天才的なハッカーでもあり、コンピュータを駆使し豊川をサポートしている。〝導師〟という意味で〝ティーチャー〟と呼んでいる。

『トレンチコートの男に襲われ、重傷を負った金持ちのボンボン三人が、女を弄んでいたことを告白……と。あなた、潜伏の意味わかってるの？』

要するに派手な立ち回りをして目立つな、と言っている。

「相手がおとなしく反省してくれればよかったんだが、攻撃されたら、それは反撃しなければならないだろう。チャンスは与えたんだ。それにちょっと懲らしめて、脅したくらいだよ」

ため息がイヤホンから流れる。

「それでティーチャー、彼女はどうなった」

『精神的にも肉体的にも辛いだろうけど、勇気を出して警察に話したようだから、きっと大丈夫でしょう。同調して告発する女性も現れているから、あいつらは終わりね』

昨日、深夜の京橋を歩いていたときだった。高架下でうずくまる女を見つけた。着衣は乱れており、ただの酔っぱらいにしては様子がおかしかったので声をかけたが、その反応から薬物を摂取していることはすぐに分かった。

豊川は彼女が震える手で握っていた携帯電話を覗き、全てを悟った。

救急通報して彼女を託すと、ティーチャーにスマートフォンにアクセスさせた。

位置情報から彼女が滞在していたマンションを特定すると、そのマンションの監視カメラにアクセスし、彼女が三人の男に抱えられるようにして部屋に連れ込まれたのを確認した。そして数時間後、今度は地下駐車場から車で連れ出され、京橋駅付近で捨てられるように車外に放り出されたことを突き止めた。

女の件で来たというと、男たちは豊川を部屋に入れた。中にいた三人の男たちに彼女のスマートフォンを見せて犯罪を問いただすと、あっさり認め、そして一斉に襲いかかってきた。

話してわかる相手ではないことは予想していた。

近接戦闘を得意としていた豊川は軽く懲らしめてやろうくらいにしか思っていなかったが、相手のやり口に応じて反撃のレベルは上がった。

一人目は、シャンパンのボトルで殴りかかってきたので、そのボトルを奪って叩き割り、ふくらはぎに突き刺してから、膝蹴りで顎を砕いた。

二人目は、果物ナイフを振りかざしたが、やはりそれを奪うと、大腿部や背中など、命に関わらないが活動を奪える筋肉や腱を裂いた。

三人目は、ゴルフクラブを振り下ろした。七番アイアンだった。左手を痛めたのはこれを防御したからだ。この男はガラステーブルに頭を叩きつけて顔面を血で染めると、右腕をへし折った。

攻撃能力を奪うまで一分もかからなかった。高級マンションで防音がしっかりしていたからなのか、苦情もなかった。

その後、一一〇番通報をした豊川は、その後にやってくるであろう警察官に、すべての行いを自供するように命じた。さもなくば、どこにいても必ず探し出す。常に監視しているからな、と脅しておいた。

『SNSではトレンチコートの男に世直しを頼む投稿が増えてるわよ』

「そのコートは処分した」

『それでも、神様扱いね。でも防犯カメラくらい確認しておきなさいよ』

それはその通りだった。ルート上のカメラは確認したつもりだったが、見落としがひとつあったようだ。まさかテレビニュースにまで広がるとは。

『で、生活はどうなの』

「ホームレスをやってた頃に比べたら、ここは天国みたいなものだ。なにせ屋根がある」

『そりゃそうよね。で、いつまで続けるつもり?』

「それは俺が決めることか? しばらく大阪で隠れておけといったのはティーチャーだろ」

『そうだっけ。まあ、特に浸透計画に動きはなさそうだけど、あいつらはそう見せるのが上手いから。というわけで、もう少し様子を見ましょう』

「了解」

駆けてきた五歳くらいの男児が盛大に転けて大泣きをする。そこに母親が呆れ顔で体を起こし、土を払ってやっている。

思わず芽衣の姿を重ねてしまう。

書店員だった芽衣は子供好きで、店に来る子供たちと膝を折って楽しそうに話をしていた。

『身体の調子はどう？』

はっ、と我に返る。

「左腕を強打したくらいで――」

『違うわよ。スカイツリーで瀕死の重傷を負ってから、まだ半年も経ってないってことよ』

ああ、と頷く。

「痛みはないが、身体が重いと感じることはある。負傷したせいということもあるだろうが、トレーニング不足だろうな。鈍って仕方がない。春になったら鍛錬を再開するよ」

『まあ、無理しないでね。それと、気になることがあるわ』

「なんだ」

『ＣＩＡが、あなたを追ってるらしい』

思わず戸惑ってしまう。

「なんでだ」

『知らないわよ。ちなみに知り合い？ アルフレッド・マイヤーズ大佐』

豊川は記憶を探る。どこかで聞いたことがある名前だった。

『元デルタフォースだって』

そこで息を呑んだ。

「特殊作戦群時代にアメリカで合同演習があって、デルタも参加していた。ひょっとしてその時の隊長か？」

『そう、そのひと。あなたを追いかけているらしいわ』

「どうして彼が？　一度しか会ったことがないし、顔だってよく思い出せないくらいなのに」

『負かしたらしいじゃない。デルタにとったら、あんたが唯一土をつけた相手だから、相当根に持ってるんじゃないの？』

「んな、あほなことあるかい」

『おや、関西弁もサマになってきたじゃない』

長い時間を過ごせば言葉も染まるが、不自然な関西弁はかえって怒りを買うこともあって意識的に抑えていた。

なにしろ西成は、コンビニや路地に〝覚せい剤禁止〟とか〝注射器を捨てるな〟などの注意書きがあるくらいだ。些細なことでトラブルに巻き込まれて目立ちたくない。

合同演習でのことが思い起こされた。

大使館をテロリストが占拠し、大使を人質にとっている——というシナリオで、デルタフォースがテロリスト役だった。両者で頭数は揃えたものの、地形や施設の構造等を熟知したデルタフォースに対し、状況的には特戦群が圧倒的に不利だった。

まともにやって勝てる相手ではない。

そこで豊川は奇襲に打って出ることにした。近接戦闘に秀でた部下を一名だけ伴って潜入したのだ。

他の隊員には『守備が主眼の島国の小さな軍隊』がどう攻めていいかわからずにアタフタし、最後はヤケになって特攻を仕掛けてくる——を演じさせた。

あえてデルタフォースが想定するであろう攻め方に見せかけ、油断させ、一気に潰して格の違いを見せつけたいという焦りを引き出す。豊川は部下と共に機会をひたすら待ち続け、一瞬のスキを突いて侵入。気取られぬよう、背後からひとりずつナイフで仕留めていった。

デルタフォースが異変に気づいた時は、その戦力の半数近くを排除していた。

そして、陣地内に敵がいることを知って守備が手薄になった隙を狙って、特戦群は施設を制圧した。

その時、デルタフォースの隊長だった男がＣＩＡに？　そして自分を狙っている？

「その件は、どこからの情報だよ」

『情報源は聞かない約束でしょう』

「おい、まさか曽根さんじゃないだろうな？　彼まで巻き込むなよ。現時点で唯一、警察で信頼できるひとなんだから」

警察内部にも浸透計画が入り込んでいるフシがあって、誰を信用できるのかを見極めるのが難しい。

曽根はスカイツリーで瀕死の状態だった豊川から、宮間の警察手帳を回収した。証拠品として没収されないためだ。

それは宮間が死の直前に、役に立つから持っていけと手渡してくれたもので、豊川にとっては形見でもあった。

その後、その警察手帳は、ティーチャーの手足となってサポートしてくれている坂下《さかした》友梨《ゆり》という女性経由で豊川に届けられた。

車椅子生活で要介護者であるティーチャーは以前、拠点から逃げられないことから窮地に陥った。その反省から、いまはキャンピングカーに住み、常に移動しているという。

その運転も坂下がしている。

『とりあえず、なにが起こっているのか探るから、あなたはちゃんと腕を診てもらいなさいよ』

「ああ、このあと病院に行くよ」

ここで通話を終わらせた。

空っ風が吹き抜けて、豊川は両肩を抱く。

コートがないと、さすがに辛かった。

〝黒ひげ〟は天下茶屋《てんがちゃや》駅近くの雑居ビルにひそかに診療所を構える、いわゆるモグリの医者で、年齢不詳。保険証など持たない西成の住人たちのために格安、または物々交換などでも診察を受けつけている。

貧しい人々を治療する『赤ひげ』のような生き方の医師であるところから、黒ひげと呼ばれているが、髭は生やしていない。患者は誰でも受け入れるが、麻薬中毒者だけは診察しないという頑固な一面もある。

黒ひげは豊川の腕を見て、つまらなさそうな顔をした。

「こんなもん、三日もすれば勝手に治る。温泉でも入ってろ」

でっぷりとした腹が邪魔してボタンが留められないから白衣を着ることはなく、今日はヨレヨレのメタルバンドのTシャツを着ていた。

「薬とかは?」

「ねぇよ。市販の湿布でも貼ってろ」

「冷たいなあ。結構痛いんですけど」

豊川は黒ひげをからかうのが好きだった。

「それなら、あまり無茶はすんないうこっちゃ」

豊川は曖昧な笑みを返す。

昨夜のようなことは、はじめてではなかった。

街中で起こるさまざまなトラブル、特に暴力によるものに対して、はじめこそ見て見ぬふりをしてきたが、徐々に抑えることができなくなった。

もともと寝付けずに夜の街を徘徊することがあったが、そんな時に〝悪〟を見つけると、時にティーチャーの力を借りて、成敗する。

するとしばらくは気が休まって、悪夢を見ずにぐっすりと眠れるのだ。

まだ本調子ではないからか、チンピラ相手でも負傷することがあり、その度にここに来ているが、黒ひげにはどこかで勘づかれているのかもしれない。

しかしバレたとしても黒ひげは警察に密告するようなことはしないだろう、と勝手に思っている。

「ありがとうございました。では、また」

「もう来んなや。ああ、ちょっと待ちや」

黒ひげは立ち上がると、奥の部屋を開けてなにやら探し始めた。

「みかんをぎょうさんもろうたからな、ちょっと持っていけや」

「あー、いえいえ。今日はこれから出かけなきゃならないので」

「ええやないか、別に持っていけば。なんぼあっても困るもんちゃうやろ」

「でも、旭区まで行かなければいけないんです」

「旭区？　ほなら一回、宿に帰って置いていけば……ああ、そしたらあっという間に食われてなくなるな。じゃあ帰りに寄れ。で、旭区までどうやっていくつもりや」

「どうって、歩きで」

「アホか。二時間くらいかかるで」

自衛隊時代、訓練となれば、銃を含めて六十キロほどの装備を担いで山道を昼夜歩き通すこともあった豊川にとってはそれくらい苦ではなかった。

「電車でいけや。そのくらいの金はあるやろ」

「でも、このなりですから」

汚れた身なりを示す。

「ほんなら普段から風呂入って洗濯すればええやろうが。そういうのが社会との間に壁をつくってまうんやで」

そうは思うが、やたらと小綺麗にしすぎても周囲から浮いてしまうような気がして、『風呂に入るくらいの金があるなら酒を買う』という生き方を演じている。

「しょうがねえ。俺のフェラーリを貸してやる」

そう言って渡された鍵は、自転車のものだった。

それでもありがたい。図書館までおよそ十二キロ。自転車なら、おそらく四十分ほどで着けるだろう。

雑居ビルの駐輪場に行くと、『フェラーリ』はすぐに分かった。くすんではいるが唯一の赤色で、前輪カバーには、フェラーリとわざわざ書いてあった。

旭区の図書館にはずいぶんはやく到着してしまったが、駐輪場に自転車を押し込んでいると、図書館から本を抱えたヨウコが出てきた。

「あら、スーさん。早いやん」

「他にやることもないので」

そうよね、と笑う。

「ちょうどよかったわ。予想よりたくさん来てもうたから。こっち——て、どうしたん?」

施設内に入り、居心地悪くしていた豊川にヨウコが聞いた。

「あ、いえ、なんか申し訳ないっていうか……」

それで察したようだ。

同じ環境で作業するとなると、自分の悪臭が気になる。西成では同化していても、一歩その世界から出てしまうと途端に浮き上がってしまう。

「だったらもっとマシな生活しとき。ユニットバス付きのアパートでも借りてさ。まだ若いんやし、働き口だって選ばんかったらなんでもあるいうのに。えり好みしてるとなにもできんくなって、ほかのおっちゃんと同じになってまうんやで」

ずいぶんと年下の女性に説教をされ、豊川は後ろ頭を掻く。

「ま、今日来るボランティアの人らは別に気にせえへんと思うけどね。慣れてはるから」

悪戯な笑みを浮かべた。

「それで、僕はなにをすれば」

古着の仕分け作業は図書館と同じ施設内にある区民センターで行うということだった。施設の地下駐車場に停まっている四トントラックいっぱいに積まれたダンボールを、仕分け会場となっている二階ホールまで運ぶというのが豊川に課せられた仕事だった。

「このあと続々とボランティアの人が来るから、その前に荷物をじゃんじゃん運んで。力仕事は得意やろ?」

「むしろそれだけかも」

豊川は笑って見せ、猛烈な勢いで運びはじめた。身体を動かすのが心地よく、またリハビリにも程よい負荷で、予想された時間よりも早く終わってヨウコを驚かせた。ほどなくしてボランティアが集まりはじめ、いまは広い会場で、種類、サイズ等で細かく分類する作業が続いている。

いずれ、これらはどこかの施設や、西成のようなところに回っていくのだろう。

「そういえば、ヨウコさんはなぜこの仕事を?」

差し出されたペットボトルの水を、豊川は一気に飲み干して聞いた。

「なんでやろなぁ。うちはまだ小さい頃に親が離婚して、母親に育てられたんよ。楽な生活やなかったけど、なんとか高校卒業して、就職もできて、これから親孝行せなってときに母親が亡くなってん」

「そうなんですか……」

「やっぱ、無理しとったんやろうなぁ」

しかしヨウコの顔に悲愴感はなかった。

「西成とか回るとな、ひょっとしてうちのオヤジおるんちゃうかなて思うことがあったりして、おもろいねん。まあ、みんなしょーもない連中やけど、なんか放っておけんねんな」

「ごめんなさい」

思わず謝ってしまう。

ヨウコはクスリと笑って豊川に向き直る。

「でもな、スーさんはなんか、ちゃうねん。他の連中とはさ。うまくいえんけど。さて、じゃあ、今日はおおきに。あそこのハンガーにかかっとるやつからコート選んで」

コートが十着ほど掛けられたパイプハンガーを示されたが、古着といっても、まだ、どれもきれいなものだった。

「いいんですか、こんないいもの」

「もちろん。労働の対価いうやつや」

「じゃあ、これを」

黒色のナイロン製ボア付きジャケットを選んだ。

「えー、よりによってこれかいな。一番安いやつを選びはったな。ほかにもカッコいいのあるのに。なんか、これは土建屋のおっちゃんみたいや」

「でもほら。中も暖かそうだし」

「まあ、確かに機能性は間違いないしなあ。質実剛健ってやつやな。ほなちょっと待ってて。手続きだけしてくるから」

ヨウコがジャケットを持って奥の事務所に消えるのを見送っていると、それを見計ったかのように、背後から女の声がかかった。

「なるほどねー、ずいぶんと若い子を狙うようになったのね」

振り返り、そして心臓を鷲摑みにされた。思考も呼吸も止まってしまう。

そこにいたのは、もう会えないと思っていたかつての恋人——。

「芽衣……」

「なわけないやろ。ええかげん慣れろや」

そこにいたのは、芽衣の姉である詰田朱梨《あかり》だった。

性格は真逆だが、顔は瓜二つだから、会う度に心をかき乱される。

「なんや、口パクパクさせて。酸欠の金魚かいな」

朱梨も、芽衣と同じくもともとは浸透計画で日本に送り込まれた工作員だった。

しかし妹を殺されたことから組織に反旗を翻し、豊川と共闘することになったが、スカイツリーの一件のあとは連絡をとっていなかった。

彼女自身は妹の復讐は終えているから、いまは敵なのか味方なのかもわからない。そもそも、なぜここにいるのか。頭はパニック状態に陥っていた。

「ここで……なにしてる」

ようやく言った。

「なにって、仕事に決まってるやろ。ひとはな、働かな食うていけへんのや」

説教をするかのような口ぶりの朱梨を、爪先から頭まで視線を這わせる。

「ボランティアをしているのか？」

上下はシックなジャケットとスカートで、ハイヒールを履いている。ブランドには詳しくないが、上等な仕立てのように見えた。ただ、決して動きやすい格好ではない。

「キャバ嬢か」

「ちゃうわ。聞いて驚くな。いまは大阪府知事の特別秘書や。四ヶ月ほど前からね」

「秘書⁉」

思わず声が上ずってしまう。

「知事って、沢木《さわき》知事のことか？」

「せやで。他におらへんやろ」

沢木芳雄《よしお》については、三角公園のゴミ箱に捨てられていた新聞や、テレビなどで話を聞いたことがあった。

まだ四十代で、国政に対して物申す姿勢が大阪府民から支持されている。世捨て人に思われがちな西成のおっちゃんまで話題を口にするほどの人物だから、その人気は本物なのだろう。

沢木が代表を務める救民党《きゅうみんとう》は、大阪の地域政党のひとつにしか過ぎなかったが、元タレントの初代党首が府知事選で勝利すると、地域密着の独自路線の政策をとり、高い支持率を得た。

初代党首の死後、六年前に跡を引き継いだのが現党首の沢木だった。経験の無さは固定概念に縛られないことに繋がり、そのカリスマ性は大阪府民だけでなく、現職の政治家の心までつかんだ。

そして三年前、かつて外務大臣を務めたこともある与党議員の神田幸太郎《かんだこうたろう》が思想信条の違いにより離党し、救民党の幹事長に就任したことが転機となる。神田はその人脈と手腕を発揮し、沢木と二人三脚で救民党は破竹の勢いを見せ、国会議員も輩出するなど大きく成長した。

統一地方選挙では連戦連勝で、兵庫、京都、奈良、和歌山の知事選、大阪市をはじめとした市長選を制し、地方議会選でも議席数を増やしている。

そんな飛ぶ鳥を落とす勢いの大阪府知事の秘書に朱梨が？

「なんで？」

どうやってその職に就いたのか、そしてその目的はなんなのか。

「え？　そんなもん。この美貌と優秀な能力があったら放っておかれるわけないやろ。ＩＲ絡みの担当秘書で、海外のＶＩＰらとやりとりすることも多いし、この仕事は度胸もいんねん。そんな逸材、他におらんやろ」

たしかに朱梨は浸透計画による英才教育を受け、〝優秀な日本人〟としてキャリアを積んできている。さらに共に銃撃戦をくぐり抜けてティーチャーを救出した。間違いなく肝っ玉は据わっているだろう。関西弁も妙に自然だ。

大阪はカジノを含む統合型リゾート施設（ＩＲ）の整備計画が二〇二三年四月に政府に認定され、実現に力を入れていた。

「能力は認めるが、なぜだ。なにか裏があるのか。ＩＲ事業に浸透計画が絡んでいるのか。秘書を仕事に選ぶなんてガラじゃないだろ」

「あらよくおわかりで。で、どうする」

「なにが」

目線を追って振り返ると、ヨウコがこちらに歩いて来ていて、朱梨を見て笑顔で手を振った。

「A知り合い、B初対面。五秒で決めて」

それだけ言うと、ヨウコに笑みを返した。

「ヨウコちゃん、元気やったー？」

「ええ。朱梨さん、いつ見ても完璧やな。ほんま憧れるわ」

ヨウコは笑みを浮かべたまま豊川に視線を移した。関係を尋ねているような目だった。

「Aで」

背伸びをしながら、朱梨に向かってポソリと言う。

「あー、前にさ、知事から西成の再開発の調査をせえって言われて、住人に話を聞いて回ってたんよ。その中の一人。なんか見たことあんな思うて。ヨウコちゃんの知り合いなん?」

よくもまあ瞬時にストーリーが出てくるものだと感心する。この頭の回転のよさもスパイとして訓練を積み重ねた賜なのだろう。

「ええ、こちらはスーさん。西成のおっちゃんらはみんな酔っ払って役にたたんけど、スーさんは力仕事だけは得意だから手伝うてもろうてん。この古着で釣っちゃった」

ヨウコは、豊川が選んだジャケットを掲げて見せながら、ケタケタと笑い声を重ねた。

「あらあら、この寒いのにコートもないなんてどないしたのかしら。夜の見回りもほどほどにせんとねえ」

〝トレンチコートの男〟が豊川であることを示唆されて緊張したが、ヨウコは夜の見回りを飲み屋巡りだと解釈したようで、また笑った。

朱梨は豊川が大阪にいることを知っていたのだろうか。なんなら知った上で知事の秘書に収まったのだろうか。

嫌な予感がした。これは偶然などではない。そう思えてならなかった。

「はい、スーさんこれ。まだ寒いから気いつけてな。もし他にも必要だったら言ってね。仕事もやる気があったら紹介するから」

ヨウコがジャケットを手渡しながら言った。

「あ、どうもありがとうございました。では、また」

豊川は逃げるようにその場を辞した。

エントランスを出ると、もらったコートを着て、フェラーリ号に鍵を挿す。そこで思いとどまって、区民センター横の街路樹に身を潜めた。朱梨が出てくるのを待ち構えるためだ。

朱梨の行動には必ず裏がある。わざわざ府知事の特別秘書をするのにも理由があるはずだ。金か、それとも豊川が知らない計画が秘密裏に動いているのか。

もしそうなら、朱梨の立ち位置はなにか。敵なのか味方なのか。それともまったく関係がないのか……。

そしてハッとする。

振り返ると、そこに朱梨がいた。

「甘いわねえ、簡単に背後が取れたわよ。鈍ってるんじゃないの」

豊川は心の中で舌打ちをした。

「そんなことはどうでもいい。説明しろ」

「なにをよ」

「なんで大阪にいる」

「いいじゃないのよ、どこでなにをしてもあたしの勝手でしょ。それに大阪はいい街よ。そうは思わへん？」

わざとらしい関西弁を、小首を傾げながら口にした。

「なにが目的だ」

「ちょっと、やだ。恐い顔しちゃって。あたしがあんたとの熱いキスを忘れられなくて追いかけてきたって言えば信用してくれるわけ？」

朱梨の細い人差し指が悪戯に伸びてきて、二日分の無精髭をなぞりながら、頬から口元にかけて降りてきた。豊川は蝿がまとわりついたかのように、その指を払う。

「あれはお前が勝手に……」

「てか、あんた臭いわね。ちゃんと風呂入ってるの？」

あからさまに顔を背けた。

「うるさい、話を戻せ。大阪にいるのも、今日この場に現れたのも偶然ではないだろう？」

朱梨は頬に手を当てると、考え込むような素振りをしてみせた。

「それは、あたしの口からは言えないわ」

思わせぶりな言い方に、じゃあ誰からならいいんだと問いただしたくなってやめた。

まさか、ティーチャーに？

しかし、ふたりは犬猿の間柄だ。ティーチャーを救出する際は朱梨も加勢したが、彼女がかつて浸透計画の一員だったことと、芽衣と瓜二つの顔立ちが、豊川の判断力を惑わすのではないかと、いまだに警戒心を抱いている。

豊川が戸惑っていると、朱梨は言った。

「ま、再会を祝して情報を教えてあげる。あんたにとってよいニュースと悪いニュースがあるんだけど、どちらから聞きたい？」

遊ばれている感じがしてよい気分ではなかったが、つい答えてしまう。

「悪いニュース」

「はい。あなた、殺されるわ」

さらりと言ってのけた。

しかし朱梨の目は今までと打って変わって真剣なもので、生死に関わることは茶化さないというポリシーでもあるかのようだった。

言葉がストレートなぶん、豊川は心中穏やかではいられなかったが、平静を装った。

「殺されるとは？」

「あなたには懸賞金がかけられている。たぶん、世界中の殺し屋があなたを狙っているんじゃないかしら」

意外なほど冷静に、その言葉を咀嚼した。

「浸透計画か？」

朱梨は頷いたが、断言を避けた。

それから図書館の横手にある遊歩道に誘い、城北運河とよばれる、阪神高速守口線が上空を覆う川のほとりに出ると、そこにあるベンチに腰を下ろした。

「ちょっと違和感はあるんだけど、現時点では他にあなたを狙う理由が見つからない」

東京でのテロを阻止したことへの報復ということなのだろう。

「世界中か……俺も人気者になったものだ」

豊川は鼻で笑って見せたが、立ち向かうための態勢もない。いまできることは潜伏するだけだ。

「じゃあ、よいニュースっていうのは？」

「殺し屋はみんなプロフェッショナルよ」

人差し指を立ててみせた。

「それのどこがよいニュースなんだ？」

その立てた人差し指を左右に振る。

「プロってことは、あんたには個人的な恨みはない。そこにあるのは金だけ。つまり
「……」

「スポンサーを潰せばいいのか」

「そういうこと。プロはただ働きはしないから」

豊川は腕組みをする。

「俺の居場所はバレているのか？」

「どうでしょうね。たぶんだけど、組織に出回っているあなたの顔写真は自衛隊時代のもの。いまのように生気のない落ちぶれた顔じゃ、すれ違っても分からないかもね」

「ひとこと余計だな」

「いいことじゃない。ただ……」

「これ以上なんだよ」

「これまで西成で直接的な危機はなかったでしょ？」

「ああ、そうだな」

「それはつまり、潜伏がうまくいってるってことじゃない？　潜伏にはある程度の人口と、周囲から干渉されない環境が望ましいけど、そういう意味で西成はうってつけね」

しかし、朱梨は前言を撤回するかのように、渋い顔になる。

「だけどね、それも長くないかもしれない」

「どういうことだ」

「クリスタルホライゾン号って知ってる？」

豊川は首を横に振る。

「パナマ船籍でシンガポールを母港としている大型クルーズ船よ。これが近々、大阪港に入港するの」

「それが？」

「アジア海域のクルージングで、大阪はその寄港地のひとつなんだけど、その際に特別なイベントが催されるの。それが、カジノのPR。大阪府のIR招致が決まったということもあって、世界的なIR企業と大阪府が協力して関係者に体験してもらおうというわけ。地元商店会とかカジノ議連って呼ばれている国会議員たちを招待してる」

「カジノがある国まで団体ツアーを組むとなると、単なる遊びじゃないかと、納税者の理解は得るのは難しいが、カジノの方からがやってくるなら安く上がる、ということか」

「そういうこと。でもね、その客船には秘密がある」

朱梨の言い方に、豊川は悟った。

「まさか……その船は浸透計画の？」

朱梨は周囲を見渡してから続けた。

「表向きにはパナマ船籍の豪華客船だけど、資本は中国政府の息のかかった企業なのよ。船内のある一角には、船長ですらおいそれと入れないエリアがあって、そこは工作員たちの前線基地になっている。世界各国の港に寄港するたびに、情報収集や、工作員の投入と回収を行っているの」

「つまり工作員を供給する移動インフラってことか？」

「そういうこと」

朱梨は、よくできました、とばかりに頷いた。

「で、その客船で各地を回り、工作員たちの指揮をとっている男が、どうやらあなたを狙うスペシャリストみたい。船はいま台湾に寄港しているけど、その男はひとあし先に空路で日本に入っている」

「スペシャリスト……って？」

「恐らく、あなたのことをよく知る人物か、もしくは情報を得るための太いパイプを持っている」

「クライン・ザング……」

芽衣を死なせることになったテロを起こした人物だ。その男に対しての復讐は果たしたが、その残党が追っているのだろうか。

朱梨が考えを読んだように言う。

「あたしもそう思ったんだけどね、探ったところ、なんか違いそう」

「そうなのか？」

「クラインは浸透計画の中でも急進派で、とにかく引っ掻き回して変化が起こるのを期待するタイプだった。他の派閥からは疎んじられるところもあって、情報共有もあまりされていなかったようなの」

「じゃあ別の誰かが、東京の一件とは別に俺を追っているということか？」

「ええ。浸透計画は戦後から存在するけど、時代の変化に合わせて考え方も様々に変化して多くの派閥を生んだ。決して一枚岩ではなくなってきてる。だから、あんたを追っているのが、なにを目的としたグループなのかは、まだわからない」

浸透計画は、戦後に経済発展を遂げた日本に対抗するために生まれた。しかし今となっては、中国は経済規模で日本を抜いていることから、その意義は失われたと眼中にない派閥もいるということだった。

「さっきの、相手はプロフェッショナルって話。つまりはクリスタルホライゾンの船長が親玉ということか？」

「いいえ。船長やほとんどのクルーは浸透計画とは関係のない運営会社に雇われた船員よ。多くは転職サイトから応募してきてるし、人材派遣会社から斡旋を受けたひともいる。まあ、カモフラージュでもあるんでしょうね」

「じゃあ一体……」

「船には、いわゆる〝本社〟の人間がいるわけよ。クリスタルホライゾンにある浸透計画のエリアは、船長であってもアクセスできない。そこにいる工作員たちは、普段は客を装っている者も多い」

「船長は船の責任者だろ？　ならば隅々まで――」

「知らないわよ。今回の船長は日本人で二カ月前に雇用されたばかり。ながらく商船に乗ってきてアジアの海は知り尽くしているけど、クリスタルホライゾン号にある扉を、全て開けた訳じゃない。船長はあくまでも船の運航を任されているにすぎない」

「浸透計画なんて存在を知らないまま？」

「そういうこと。クルーズの予定は、浸透計画の命を受けたシンガポールの運営会社が企画しているし、船長以下、大部分のスタッフは与えられた仕事をこなしているだけ」

「そして、その船に乗っている工作員を率いる人物は、俺を狙うスペシャリスト」

豊川は確認するように言った。

「乗っていた、よ。もう日本にいて、あなたの追跡をはじめているはず。日本人じゃないかって情報だけ聞いたわ」

朱梨が立ち上がった。豊川も倣い、来た道を戻る。

「いずれにしろ気をつけて」

前から来たトラックが豊川の横に止まって緊張したが、隣接するガソリンスタンドへの順番待ちのようだった。

「しかしどうして俺にそこまで教えて——」

振り返ると朱梨の姿がなかった。

朱梨はいつもこうやって姿を消す。このテクニックを前から聞きたかったのだが、今回も逃してしまった。

西成に向かって自転車を漕ぎながら、イヤホンを耳にねじこんで、ティーチャーを呼び出した。

「朱梨のことを知ってただろう」

開口一番に問い詰めると、長い間をつくったあとに答えた。

『うん』

「うんじゃねえよ。潜伏するなら大阪がいい、って俺に言ったのも、すべて計画のうちか？」

『それは違う。大阪は潜伏に適していたから選択しただけ。大阪で動きがありそうなのは後で知ったの』

「じゃあ朱梨がここに現れたのは偶然ということか？」

旭警察署前交差点から城北筋を南に向かった。

『そうではないでしょうね。大阪府知事の特別秘書に収まっていたのは少し前に分かったけど、あの女にはあの女の企みがあってのことで、あなたが狙われていることとは関係ない』

「クリスタルホライゾンのことは？」

『それも最近』

「お前は教えてくれなかったが、朱梨はいろいろ教えてくれたぞ？」

嫌味たらしく聞いた。

『前回の時もそうだったけど、あの女には〝敵味方〟の概念は当てはまらない。利害が一致するかどうかだけ。前はそれが一致したからあなたを助けたけど、今回はわからない。だから見極めようとして時間がかかっていた』

「俺からすると、東京に置いてきたしがらみやらなんやらが、全部大阪に集まっているような気がするぞ。わかってて俺を放り込んだんじゃないのか？」

『さっきも言ったけど、それは違う。状況を見極めるためには時間が必要で、その間はあなたが面倒に巻き込まれないようにする必要があった。あなたに話すのはすべてを把握してからにしたかった。それに、あの女はあなたの死んだ恋人と瓜二つ。あなたが判断を間違えないようにしなければならない』

赤信号で止まる。反対側車線にはパトカーが同様に信号待ちをしていて、中の警察官らが、こちらを窺っているような気がした。

「顔は似てても中身は別だ」

『でも穏やかではいられないでしょ』

実際その通りではあったので、青信号になると、忌々しい思いをペダルに踏みつけながら豊川は話を続けた。

「朱梨の話だと、俺を追うスペシャリストがいて、暗殺の指揮を執るらしい。いまのまま潜伏するのも難しいかもしれない」

『スペシャリスト……？』

「知らないのか？　それとも心当たりがあるのか？」

『ない……けど』

口にはしないが、豊川にも気になることがあった。

ＣＩＡ……。マイヤーズは俺の顔を知っている。加えてアメリカの情報網を駆使すれば、居場所を特定することは容易《たやす》いかもしれない。

しかし、もしそうなら、なぜ浸透計画と繋がっているのか？

そこでハッとする。

アメリカにも浸透していたとしたら……。

デルタフォースやＣＩＡに浸透計画の一員が紛れ込んでいるとしたら、確かにやっかいだ。

後方から来たパトカーが追い抜いた。さっきまで反対側車線にいたパトカーだ。Ｕターンしてきたようで、少し先行したところで停車すると、助手席から警察官が降りてきた。そして行く手を阻むように両手を広げた。

「はーい、ちょっとすいませーん、止まってください」

豊川は無表情のまま後輪をロックさせてスライドさせると、自転車を素早く転回させ、猛スピードでその場を離れた。

警官の怒鳴り声とサイレンがけたたましく追いかけてくる。

悪いことをしているわけではないが、あのまま素直に職務質問を受けたとしてもトラブルは避けられない。身分証明書はないし自転車は借り物。その他、難癖をつけようと思えばいくらでも付けられる。

指紋を取られて警察のデータベースで検索されれば、指名手配されていることがわかるだろう。そして、その情報は浸透計画によって察知される。

『逃げ切れる?』

どこかから覗いているかのように、状況を把握したティーチャーが聞く。

「なんとかするさ。切るぞ」

通話を終わらせた豊川は路地に逃げ込むと、閉店した商店の駐輪場に自転車を放置した。

それから、もらったばかりのジャケットを脱ぐと、裏返して再び袖を通す。リバーシブルではないので不格好だが、裏起毛のインナーが遠目にはフリースジャケットのようにも見えるだろう。

表通りに出ると、正面に大阪城の白い天守閣がライトアップされているのが見えた。黒ひげに違う自転車を用意してやらねばと思いながら、豊川はもう一度背後に目をやって、雑多な街がつくる影に身を溶け込ませた。

尾行を警戒し、たっぷり時間をかけて西成まで戻ると、どこか結界に守られた聖域のような気がして、気持ちが落ち着いた。

しかし、常宿に戻るために三角公園を抜けようとしたとき、ドスの利いた声が耳に届いた。

見ると、シローが男に絡まれている。胸ぐらをつかまれていて、身体の細いシローは両足が浮き上がりそうだった。

「おい、なにやってる！」

豊川が駆け寄ると、男は突然興味をなくしたかのようにシローを突き放した。スーツの上からでも筋肉の隆起がわかるほどで、その二の腕はシローの胴回りよりも太いのではないかと思わせた。

「ああ？　んだコラ、ナンボのもんじゃ」

顔面を突き出してきたが、豊川は引かない。鼻先が触れあいそうなほどの距離で睨み合った。

「す、スーさん、ええの、ええの、ごめんなさい」

シローが慌てて立ち上がり、豊川を押し戻そうと間に割って入った。三歩分、間隔が開くと、シローは男に向き直って土下座をした。

「なんとかしますから、すいません」

だが、その男はすでにシローを見ていない。豊川を親の敵のように睨みつけていた。

すると、おい、と鋭い声がした。背後に止めた黒塗りの大型ＳＵＶに、別の男が寄りかかっていた。ベンツのゲレンデヴァーゲンだ。

それから引き上げるぞ、と顎をしゃくった。

線は細いが、やはり邪悪な光を宿した目の男は、豊川の全身に、まるでスキャナーがレーザーを照射するように視線を走らせた後、助手席に収まった。

筋肉男は、聞こえるように舌打ちをすると、豊川とすれ違いざまに思い切り肩をぶつけてから、運転席に乗り込んだ。

タイヤを軋《きし》ませでもしながら走り去るのかと思ったが、おとなしくスムーズに消えた。おそらくふたりはヤクザ者で、助手席にいた男は上位の者なのだろう。

豊川は振り返る。

「シローさん、大丈夫ですか」

シローは力が抜けたのか、両膝に手をついて、なんとか身体を支えていた。小柄な身体がもっと小さく見えた。

「ほんま、すまんなぁ。なさけないところ見せてもうて」

「どうしたんです。あいつらは何者ですか」

腰を痛めたのか、あいたたた、と手を後ろに回した。

「常襲会《じょうしゅうかい》いうところのヤクザや」

「まさか借金ですか」

シローは俯《うつむ》いた。

「まあ、そんなもんやな。俺は昔、小さな会社をやっとったんやけど、そんときに融資してもらった金を返せんようになってもうて、自己破産したんや。もう何年も音沙汰がなかったから忘れてくれたと思うてたんやけど、いまになって追いかけてきよった」

「そんな。そもそもいまのシローさんを強請《ゆす》ったって、どうしようもないのに」

「それはそうなんやが……。こんな俺でも角膜とか売れるものはあるらしいねん」

豊川は首を振る。

「そんなの、真に受けることないですよ」

「せやけどな、あいつら俺の……」

ここで言い淀んだ。チラチラと周囲を見渡して続けた。

「俺の家族の居場所を摑んどるらしくて。どうなっても知らんぞって」

「脅されているんですか」

「せやねん。もう何十年も連絡とっとらんダメオヤジのために娘が酷い目に遭わせられたら、俺は生きていけん。せめて守ってやらんとって思うてな」

そこに、別の西成住人が現れた。遠巻きに騒ぎを見ていたようだ。

「シロー、なんやねんな、あいつら」

豊川と同じような質問をしてきたが、シローは理由については言い淀んだ。

「まあたいしたことあらへん。すまんかったの。飲み直すで」

そう言って自販機が並ぶ一角に行くと、シローはカップ酒を三つ買い、そのうちのひとつを豊川に手渡してきた。

「あいつら、ここ最近、ちょこちょこ現れとったな」

同様にカップ酒をもらったその住人によると、あの男らは一週間ほど前からこのあたりをうろついていたという。西成には、服役後に行き場をなくした元暴力団員も流れてきているから、何人かはその顔を知っていたようだ。

「小さな組だけど、常襲会はタチが悪いからな。あの筋肉バカじゃない方の男、若頭やで。笑いながら人殺せるタイプや」

豊川はシローを覗き込む。

「シローさん、しばらく姿を隠した方がいいんじゃないですか」

「せやなあ、みんなにも迷惑かけられへんし……せやかて、どこに行けばええんか」

シローはカップ酒を両手で包んで一気に呷った。不安から逃れようとするかのようだった。豊川はまだ口をつけていなかった酒を手渡す。すると、もともとはシローが買ったものなのに礼を言われた。

「若頭まで出てくるって……そんなに金を借りたんですか」

「あいつらから借りたんは三百万や。一度も返済でけへんかったからかな」

豊川はジャケットが裏返しのままだったことを思い出して脱ごうとしたが、ふと手を止めた。

大金ではあるが、それだけの金額でわざわざ若頭まで出てくるだろうか。

「シローさん、金を借りたのっていつくらいですか」

「ここにきて二十年やから、そのもうちょっと前くらいやな」

おかしい。いくらなんでも今更感が強い。まるで別の目的のために、無理やり、理由を付けたかのようだ。

「最近はヤクザも暴対法の締め付けがひどくて、シノギにも困っとるいうから」

シローは諦めたように言うが、それにしても、だ。

酒を飲み干した住人が腰を上げた。

「今日も冷えるな。ほな、お先。ごちそうさん」

「あ、ちょっとすいません」

豊川も立ち上がって呼び止める。

「あいつらは前からこのあたりをうろついていたということですが、シローさんを捜していたってことですか?」

「そうじゃねぇの」

そう言ってから仰々しく腕を組んで空を見上げる。

「でも、そう言われてみれば……」

「なんです」

「いや、あいつらがヨウコちゃんに絡んでた時があったんや。俺はちょっと離れて見守ってたんやけどな」

シローが呆れ声をあげる。

「てめぇはいつも見てばかりやないか」

「んなこと言うなて。出て行きたいのはやまやまなんや。でも見てみい、この痩せ細った身体を――」

「それで、どうしたんです」

豊川は話を戻す。

「あいつらがおらんことなってからヨウコちゃんに声かけてん。大丈夫やったかいうて。ほんなら、えろう思い詰めた顔しとってな。それで逆に聞かれてん。あんたらは仲がええんかって」

「え、僕ら？」

「うん、そうや。たぶん、あいつらはシローの交友関係を調べてたんやろな。ああ、でもヨウコちゃんはなにも言わんかったって言ってたで」

男は、酔っ払ってもーた、と高らかに宣言すると、ふらふらとした足取りで去っていった。

「スーさん、なんか巻き込んでしもうたようで、申し訳ないな」

「いえ、そんなことは……。でも、今後の対策を考えましょう」

豊川はコンビニに行くと言ってシローと別れると、南海本線の高架沿いを歩きながら推し量り、ひとつの答えに辿り着いた。

ヨウコが豊川の過去を探るようなそぶりを見せたのは、常襲会の連中になにかを聞かれたからだろう。つまり、あいつらの目的はシローではなく自分ではないのか。

仲がよいシローが暴力を振るわれれば、黙ってはいられないと思ったのかもしれない。実際、その通りだったし、もしあとでそのことを知れば、こちらから組事務所に乗り込んだかも知れない。それを奴らは狙っていたのだ。

しかし、そうだとすると、わからないのは奴らが自分を追う理由だ。

豊川はこれまで拠点を大阪に置いたことはない。自衛官時代に扱った案件も、大阪に関するものはなかったはずだ。

ならば……。

気づけば新今宮駅まで来ていて、ガード下のコリアンタウンから賑やかな歌声が聞こえて思考を遮られた。

ヤクザに追われる覚えはないが、もし何者かの力が動いたとすれば。

たとえば、浸透計画……。

まずはヨウコに話を聞くべきだろう。

翌朝の炊き出しで、パン、バナナ、シリアルバーと牛乳が入った袋を受け取りながら、豊川は話がしたいとヨウコに言った。

昨日はジャケットをありがとう、などの言葉をかけられると思っていたヨウコは、隠し事がバレた子供のようにハッとした顔を向け、こくりと頷いた。

いつもの歯切れのよさは消えていた。それが余計に豊川の不安を煽った。

今日の炊き出しは立って食べられるものだったので、公園の隅にある楓の木に寄りかかりながら、口に運ぶ。

すべての食材を配り終え、炊き出し部隊が撤収の準備に入った頃、ヨウコはエプロンを脱ぎながら近寄ってきた。

「話ってなんなん？　あ、ひょっとしてデートに誘おうとしてるのとちゃうん？　わー、そら困ったなー」

無理におどけているのがわかった。

「ヤクザが来た」

それだけ言うと、ヨウコはしゅっと笑みを引っ込めた。

背後を通りかかった別のボランティア男性が、揉め事かと声をかけるも、ヨウコは大丈夫と答えて豊川に向き直った。

「うん、うちのところにも来た。なんか明らかにヤバいっていう感じやったわ」

「なにを聞かれた？」

「シローさんのこと」

「本当に？」

「……ほんまよ」

やはり歯切れが悪かった。しかし嘘だろうと問い詰めることもできないし、もし嘘をついているとすると、ヤクザの肩を持っていることになる。

どう追及してもヨウコを困らせることになると感じた豊川は、突然、破顔して見せた。

「ごめんごめん。シローさんも困ったものだよね」

それだけ言って立ち去ろうと背を向けた。警察のように問い詰めるようなことはしたくなかった。

しかしヨウコが呼び止めた。だが、いざ豊川が向き直ると言葉が出てこないようで、俯いたまま畳んだエプロンを触りつづけている。

豊川はやわらかい声を意識する。

「なんでもいいんだ。もちろん困らせるつもりもないから」

ヨウコは左右を見渡し、頷いた。

「……訊かれたのは」

「うん?」

「たぶん。シローさんのことやのうて……スーさんのこと」

「僕の、なにを?」

「あのひとたち、もともとは〝トヨカワ〟というひとを捜していたの」

豊川はそっと息を呑んだ。

本名を出すということは、常襲会は豊川の過去を知っているか、誰かに依頼されたということだ。しかし、なぜだ。

「それで、そんなひと知らんいうたんやけど、年齢とか背格好がこんくらいで、最近東京から流れてきたヤツがおるやろって。それで、だれかが『シローさんと仲がええやっちゃうか』って言ったんだと思う……」

若頭を思い出す。豊川の顔を見て誰なのかがわかったような表情だった。

だとしたら腑に落ちないのは、昨夜シローを助けようとしたとき、どうして自分には絡んでこなかったのか。捜していた人物であることがわかったのなら、なぜなにも言わずに撤収したのか。

「奴らはどうして僕を捜しているんだろう？　なにか言ってなかったかな」

ヨウコは首を横に振り、上目で豊川を見た。

「それはわからへんの。でも、スーさんはきっと過去になにかあるひとだって思って……ここにはワケありのひとが集まるから……」

どこか怯えているようにも見えた。

豊川はふうっと息を吐くと、他のひとには内緒だよ、というように声を潜めた。

「正直に言うとね、鈴木は偽名なんだ。本名は豊川だ」

ヨウコがはっと顔を上げた。

「普通の男だと言うつもりはないし、自慢げに話せるような過去を過ごしたわけでもない。でも、ここにいるひとたちを危ない目に遭わせるようなことは、もちろんしないから」

ヨウコは、ただこくりと頷いた。

「話してくれてありがとう」

豊川は、ヨウコを泣かせるのではないかと遠巻きに見守っていたボランティアたちの鋭い目に、ごちそうさま、と最後に残ったバナナを掲げてその場を後にした。


「なんか、イヤな感じだぞ、ティーチャー」

いつもの公園でイヤホンに指を当てながら、昨夜の事、そしてヤクザに追われている事を話した。

『常襲会……ちょっとまってね』

五秒ほどまった。

『大阪ミナミに事務所を構えている、まあ昔からある道頓堀の暴力団ね。それなりに騒ぎは起こしているけど、我々と絡むような組織でもなさそうね。あんた、大阪でヤクザに追われるようなことでもしたんじゃないの？』

「まったく覚えがない」

『あっ、たとえばこの前のボンボン三人組。あの中に偉い人の息子がいて、親がヤクザに頼んだとか。もしくはヤクザの息子だった』

「それでもおかしい。俺の本名を知っていたし、俺を捜していた割にはなにもせずに帰って行った。好戦的な奴もいたのに、若頭はそれを止めて引き上げた」

うーん、と唸るティーチャーに、豊川はずっと頭の中に居座っていた考えを漏らした。

「おそらく、頼まれたんじゃないんだろうか」

『誰に？』

「浸透計画にだ。居場所を確かめるのが目的だったから、昨夜はなにもしなかった」

『そうね……可能性はあるわね。理由はわからないけど、潜伏先に詳しい地元の者を使ったということかしら』

「ああ。西成はちょっと特殊な街だからな」

『でもさ、居場所を特定されたってことは、これから然るべき連中が押しかけてくるってことでしょ。次の潜伏場所を至急探すわ』

「さっそく現れたよ」

『え？』

豊川は並木の下のベンチに座っていたが、あちらこちらの木々の裏側に見え隠れする姿に気づいた。ざっと四人か。

『やれそう？』

「なんとかするさ。とりあえず切る」

『了解。またあとで』

通話は終了させたが、スマートフォンを使っているフリをしながら周囲を窺う。平日の昼間。寒い日ということもあって、公園を行き交う人の姿はさほど多くない。

豊川は立ち上がり、通天閣方面に向かって歩き始めると、気配も後をついてきた。

これだけ人数をかけるということは、暗殺ではなく拉致か……。

ならばどこで仕掛けてくるか。人通りは少ないとはいえ、ぽつりぽつりとすれ違う人はいる。完全に無人になる瞬間はない。

とりあえず人気のある方に向かってみるかと足を向けた瞬間、雑に囲まれた。駆け寄
ってきた時の足さばきもバタバタとしたもので、すぐにプロではないとわかった。

「おじさーん、ちょっと一緒にきてもらえへんかな？」

疑問形ではあるが、両腕を摑むその力は有無を言わせないものだった。

「騒がなければ怪我はせえへんで」

今度は背後にまわっていた男が言った。

豊川はひとりひとりの顔を順に見ていき、相手がどれほどのものかを量った。

皆、若くてガタイはいい。なにかしらの競技、もしくはジム通いで鍛えたのだろう。

しかし、と思う。

どんなに筋肉を鍛えても、それは戦いにおける強さとは関係がない。

「わかった」

豊川は大人しく従ってみることにした。背後になにがあるのか、わかることがあるか
もしれない。

公園を抜け、新世界の入口近くに停まっていたバンに詰め込まれた。後部座席の真ん中に座らされ、両側から挟まれる。

連中は、思いのほか簡単に拉致できたことに安堵しているような雰囲気もあった。

「どこに連れて行かれるのか気にならねえのか?」

助手席に座っていた男が振り返って言った。耳にピアス、ボックスショートの髪型。年齢は二十代半ば。今どきの若者で、このグループのリーダーだろう。

「気にしようがしまいが、そのうち着くんだろ?」

「まあな」

豊川が余裕で答えると、つまらなそうな顔をしたが、その目には、到着してからビビるなよ、とでも言いたげな、邪《よこしま》な光が浮かんでいた。

車は御堂筋を抜け、浪速《なにわ》公園近くにある五階建てビルの半地下の駐車場に入った。

そこには五人の男がいて、ひとりとは昨夜会っている。シローを締め上げていた筋肉男だ。ということは、ここは常襲会の組事務所か。

「おつかれさん。ほら」

ヤクザのひとりが懐から封筒を出して、ピアス男に手渡した。

「けっこう楽勝でしたよ」

それを受け取ると上機嫌で皆頭をぺこぺこ下げながら背を向けた。

「じゃあな、おっさん」

ピアスが最後に言った。

「ああ、いい子でな」

豊川が言いかえすと、戸惑いの表情を見せた後、気味悪さを打ち消すように高笑いしながら仲間たちとスロープを上がっていった。

「おい、こっちや」

襟首を強引に引っ張られた。

エレベーターはないようで、前に筋肉男ともうひとり。後ろに三人が続いて狭い階段を上った。三階には重厚な扉があり、その中に二人の男がいた。

ひとりは足を組んでソファーに座っている。左手は背もたれに沿わせるように水平に伸び、右手の指に挟まれている葉巻からは、甘い煙が一筋、まっすぐに昇っていた。こいつが組長か。

その横に立っているのは若頭だ。昨夜と同じようにスリーピースのスーツがぴったりと身体に張り付いている。

「座れ」

背後の筋肉男が言ったが、豊川はそれには従わずに部屋の中を窺う。いざ乱闘に発展したときに武器になるものはないか。それぞれの組員の配置、脱出経路などを確認した。

「おい、こら！　オヤジに失礼やろうが！」

ドスの利いた声とともに、背後から筋肉男のゴツイ手が肩を押さえつけてきて、無理やり座らせようとした。

豊川は押さえられた肩を軸に素早く身体を半回転させると、筋肉男の手を摑んで内側に倒す。手首の可動域を超えた痛みから逃れようと、巨体を捩り、あっけなく膝から崩れ落ちた。さらに捻ると、頭を地面に擦り付け、悪態と悲鳴が混ざった叫び声を上げた。

「待て」

若頭の冷静な声が飛んだ。しばらく豊川を観察していたが、組長は半笑いをしながら、なるほどねぇ、と呟いた。

「小久保《こくぼ》、おめぇの言った通りだな」

小久保と呼ばれた若頭は、鋭い目を豊川から離すことなく、はい、と短く答えた。

組長が言い、豊川は従った。トップの者としか話さないという意思表示だ。

「座ってくれ」

「お前はなぜ連れてこられたかわかっとんのか？」

豊川は組長をまっすぐに見る。

──ネクタイを摑んでソファーを飛び越える。首を締め上げつつ胸に隠した拳銃を奪う。あのふくらみだとリボルバーか。

いざというときのことを想像しながら、背もたれに身体を預けた。

「それを聞きに来た」

「だから抵抗しなかったいうわけか。あんなチンピラに、あっさりと連れてこられるわけねぇわな」

背後で痛めた手を抱え込む筋肉男を一瞥して、また豊川に視線を戻す。

「それで、お前、何者だ？」

何者かも知らずに拉致したということか？

「ふん……雇い主からはなんて言われていたんだ？」

質問で返した。

組長は背後の連中に顎をしゃくって退出させる。部屋は三人だけになった。

「おれは組長の佐竹《さたけ》いうもんや。お前の言うとおり、ある人物からお前の居場所を掴むよう依頼されたが、その理由については聞いとらん」

「ある人物……それが誰なのかは教えてはもらえないんだろうな」

佐竹は鼻を鳴らし、葉巻を分厚いガラス製の灰皿に捩じ込んだ。

「そいつは、いわゆる仲介人や。その先に誰がいるのかは知らんし、こちらから聞くこともない。そういうもんや」

「ならば疑問がある」

「なぜさっさと引き渡さないのか、やろ」

豊川は頷いた。

居場所を掴むのだけが依頼内容なら、こうして拉致する必要はない。浸透計画は豊川の能力を知っている。ヤクザに任せず、工作員を送り込んでくるだろう。

常襲会が依頼内容を超えて拉致したのには理由があるはずだ。

「ヤクザっちゅうのは、いまや時代遅れの存在や。憧れてこの世界に入ってくる奴はもうおらん。しきたりは堅苦しゅうて若い連中が嫌うし、暴対法で縛られてシノギは昔みたいにでけへんから羽振りがええわけでもない。いまや半グレのほうが勢力はおおきいんちゃうか」

実際、暴力団対策法は改正のたびに厳しくなり、暴力団を衰退させている。

しかし、その分半グレと呼ばれる反社会勢力や、海外マフィアに対しては取締りが追いついておらず、闇社会の犯罪被害は増加の一途をたどっている。

「ワシらが動けんことをいいことに、あいつら、女子供年寄りから搾りとってやりたい放題や」

まるで自分たちは秩序を持ってやってきたと言いたげだった。

「なにが言いたいんだ?」

「そう急くなや、なあ」

「要点を言ってくれ」

「短気な奴やな。まあええわ」

佐竹はまた葉巻を咥えると、小久保がすかさずターボライターの火を寄せた。

「ワシは古い人間や。新手の詐欺やらなんやらを考えてまで組を存続させようとは思わん。せやけどな、ワシが許せんのは占領されることや」

占領という言葉を聞いて、水面下で日本の占領を目指す浸透計画のことが豊川の頭をよぎった。

「占領……とは？」

「ヤクザにはヤクザの道理ってものがあるんや。さっきも言うたが、お前の居場所を突き止めるよう依頼をしてきたのは、昔から知ってる奴や。せやから手を貸した。報酬も破格やったが、詳しいことは訊かんのが暗黙のルールや」

佐竹が激しく咳き込んだが、いつものことなのか、小久保は様子を見守るだけでなにも言わずに収まるのを待っていた。

「中国や」

豊川は、やはり、と息を呑んだ。

「これまでも裏の仕事をやってきたが、ワシは中国人の仕事はやらんかった」

背景には煮湯を飲まされている、中国マフィアの進出があるからだろう。

「仲介人も、ワシが中国人の仕事を嫌ってるのは知っておったが、あちらさんも仕事を選べんようになって困ったんやろう。そのまま断ってもよかったんやけどな、気になってもうたんや。中国人がわざわざヤクザを雇ってまで追う男っちゅうのはどんな奴やってな」

前かがみになって豊川の顔を覗きこんだ。

「中国マフィアにシャバを荒らされているのは事実や。もし組員が中国マフィアにやられても、ワシらは暴対法でがんじがらめで動けん。極道だけやあらへん。カタギの日本人が被害に遭っても、警察は取り締まれるのは個人だけや。外国マフィアを潰す法律がない。親玉は悠々としとるし、いざとなれば、ほとぼりが冷めるまで海外に出ればいい」

ようやく話が見えてきた。

「ささやかな抵抗か」

佐竹は眉根を寄せたが、すぐに口角を歪めてみせた。

「そうや。お前はあいつらでは捜し出せない存在や。お前が何者で、なにをしてきたのか知れば、あいつらの企みがわかると思うたんや」

次はお前の番だとばかりに豊川の目を覗き込んだ。

「その仲介人はどんな奴からの依頼を受けたんだ？　それがわからなければ心当たりも探せない」

「それは言わへんかった。知らんのか言えんのかはわからんがな。今回は口が堅い。よほど脅されているのかもしれん」

「男とか女とか、なにかあるだろう」

「それすら言わんのや」

「浸透計画。この言葉に聞き覚えは？」

二人は互いの顔を見合ったが、思い当たらなかったようだ。

「ただな、ひとつ。気になることを言うてたんや——」

その時、破裂音が響き、続いてわめき声が階下から突き上げてきた。

「どないしたんや！」

小久保が扉を開けて階下に怒鳴るが、返答の代わりに聞こえてきたのは、「カチコミじゃあ！」との叫び声と、サイレンサーで低く抑えられたが、紛れもない銃声だった。

小久保はドアを閉める。

「組長！　奥の部屋へ！」

「待て！」

豊川は叫ぶ。

「銃を貸せ！」

躊躇する二人に詰め寄る。

「あんたが持っているよりも役に立つ」

佐竹は懐から拳銃を取り出す。四インチのリボルバーだった。

弾倉を開いて六発の弾を確認したとき、ドアにはめ込まれていた擦りガラスが割れ、ゴトン、と床になにかが転がった。

「目を閉じて、耳を押さえろ！」

豊川は叫びながら重厚な机の下に潜り込むと、両耳に指をきつくねじ込んだ。

スタングレネードは、起爆と同時に強烈な音と閃光を放ち、一時的な難聴や目眩、平衡感覚の喪失をもたらす兵器だ。立てこもり事件などで特殊部隊が突入する際に使用する。

防御姿勢を取ったおかげで、威力は幾分か軽減されたが、それでも脳を切り刻むような耳鳴りが襲った。

そのため、ブーツを履いた戦闘員が飛び込んできたことを、音ではなく振動で感知した。

パシュッ、パシュッと間の抜ける音が耳鳴りの奥から聞こえたが、紛れもなく銃弾が音速で飛びだしたもので、この状況では二人の暴力団幹部の死を意味していた。

豊川は机の横に身を投げ出した。

気配がして振り返ったマスク姿の戦闘員は、差し迫った危機が床を這っていることに気付くのに一秒ほどかかった。豊川にはそれで十分すぎた。

戦闘員はライフルを構える前に、まず胸に古いリボルバーの銃弾を受けた。これは防弾ベストが防いだが、それを察知した豊川の銃弾は二発目、三発目と、銃の反動を利用して着弾点を上げていき、最後は顎の下から後頭部を打ち抜いた。

崩れ落ちた戦闘員に駆け寄り武器を奪おうとしたが、すぐに新手が入ってきた。

豊川はそのまま前転し、新手の真下で両足を伸ばし相手の腕を絡め取る。床に引きずり倒しながら肘を折り、三角締めの要領で締め上げた。

戦闘員は気道を確保すべく、首元に絡みついた豊川の足を払おうとしていたが、その手を離し、腰のホルスターに手を伸ばした。拳銃を引き抜き豊川に向ける。

豊川はすかさず両手を離してその拳銃を掴むと、首を絞めている自分の太股の下に潜り込ませて引き金を三度引いた。

そのまま拳銃を奪って後転し、素早く構えるが、首を打ち抜かれた戦闘員は五秒ほどで動かなくなった。

部屋の外を警戒するが脅威は去ったようだ。

振り返ると、部屋の隅で二人が重なるように倒れていた。

小久保は背中に二発を浴びて既に絶命していたが、守られるようなかたちになった組長の佐竹はまだ息があった。

「おい！　聞こえるか！」

頬を小刻みに平手打ちしながら、身体を確認する。脇腹に銃創があった。そこから流れ出す血は重油のようにどす黒く、肝臓を撃ち抜かれたのがわかった。こうなると、もう救う手立てはない。

「くそっ、おいっ！」

すると虚ろだった視点が豊川に定まった。

「……橋本《はしもと》の野郎や……畜生め」

「橋本？　誰だ？」

傷口を強く押さえると、苦悶の表情で体を硬直させたが、声を振り絞った。

「仲介人だ……俺が……お前を……売る気がないことを……チクリやがったんだろう……」

「橋本は誰からの依頼を仲介したんだ？」

しかし返答はない。瞼はふっと閉じられた。

「おい！」

襟元を摑んで揺すると、また目を開けた。しかしもう豊川を捉えてはいなかった。

「セ……セクター……」

「セクター？　それはなんだ！」

佐竹の目は開いていたが、そこに生気は見られなかった。虚空を見つめたあと、瞳がぐるっと上を向いて、それきり動かなくなった。

背後で誰かが部屋に飛び込んできて、豊川は銃を向けた。あの筋肉男だった。

「組長！」

駆け寄って両膝をついたものの、既に死んでいることを悟って、深くうなだれた。そしてそのまま血だらけの身体に顔を埋めて泣いた。

ヤクザ者だと嫌悪していたが、そこには彼らなりの仁義があるのだろう。

豊川はその場を離れ、戦闘員を調べはじめた。拳銃の予備弾倉を二人から集め、ジャケットにねじ込む。さらにポケットを漁るが、身分を示すようなものはなかった。

ただ、一枚のカードがあった。黒一色でなんの印字もない。

ティーチャーに調べてもらうかと思った時だった。突然背後から襲われた。筋肉男が馬乗りになり、痛めていない左手で豊川を殴りつけた。

「てめぇのせいや！　てめぇが大阪に来なければ！」

三発までは殴るに任せたが、四発目をかわした豊川はその手首を摑んで外側にねじる。上体のバランスが崩れたところで下から蹴り上げて半回転させると、今度は豊川が上になった。

しかし筋肉男にはそれ以上抵抗する気力がないようだ。子供のように泣きはらした顔で、くそぅ、くそぅ、と呟いていた。

パトカーのサイレンが聞こえてきた。かなりの台数であるのがわかる。

「俺はヤクザは嫌いだ。だが同じ敵を追っている。仇は取る」

筋肉男がなにか言おうとするが言葉にならなかった。

何度か咳き込み、喉に流れこんだ涙を飲み込んでから、また言った。

「この奥にある給湯室の窓から、隣のビルの非常階段に飛び移れる。隙間はほとんどなく、跨ぐ程度や」

豊川は頷いて立ち上がり、筋肉男が起き上がるのに手をかしてやった。

「なあ、組長は最後に『セクター』って言っていたんだが、なにか訊いていないか」

少し考え込んだが、やがて思い当たったようだ。

「セクター7《セブン》のことか？」

「それはなんなんだ？」

「内容までは知らない。ただ、お前を拉致するのは、セクター7っていう計画のひとつだ、と組長と若頭が話してるのを聞いた」

セクター7……場所を意味しているのだろうか。

「どこにあるんだ？」

「わからない」

嘘はついていないようだった。この状況では、その意味もないだろう。

「あいつ……」

「なんだ？」

記憶を照合するように、筋肉男は太い眉を寄せながら、数秒間、床に視線を落とした。

「俺たちは、お前が西成のどこかにおるいうことを摑んでたんやけどな、オヤジはそのことを橋本には伝えんかった。中国の手先になるのを嫌ったんや」

豊川は頷いて先を促した。

「昨日、あのジイさんを締め上げてたんは、お前のねぐらを聞き出そうとしてたからや。話したら借金をチャラにしてやると言うつもりやったんや」

「なぜ昨日なんだ？　前から見張っていたんだろ？」

常襲会が数日前から西成にいたのなら、もっと早くに行動を起こしてもよかったはずだ。

「橋本は依頼主からせっつかれてたんやろうな。俺たちの動きを見て、独自に西成を嗅ぎ回っていた。そしてボランティアの女からお前のことを摑んだらしい」

ヨウコに声をかけてきたのは、常襲会ではなく橋本だったのか。彼女は、ヤクザにはなにも話していない、と言っていたが、橋本はなにかを摑んだのかもしれない。

「橋本は、俺のことを依頼主である中国人に報告したということか？」

「ああ。つまり俺たちはお払い箱や。そのうち中国の手の者が西成に送り込まれて、お前を拉致するか殺そうとするやろう。せやから、その前にお前を連れてくるよう、オヤジに言われたんや」

筋肉男は組長の上半身に自分が着ていたジャケットを掛けると、両手を合わせた。

「そうか……それなら、橋本とはどこで会える？」

「奴のねぐらは知らんが、心斎橋の〝サムデイ〟っていう古いバーによく現れる」

「どんな奴だ？　わかりやすい特徴はないか」

「俺も二、三度しか会ったことがないからよう覚えてへんが、小太りで白髪。ああ……背中に彫り物が入っていて、襟から鯉の口が見えるかもしれん。いまは冬やからわからんかもやが」

「わかった。捜してみる」

パトカーのサイレンはいよいよ煩くなった。給湯室に向かおうと背を向けたとき、筋肉男が呼び止めた。

「これを使え。裏の駐車場にある」

投げて寄こしたのは車のキーだった。

「それから、俺は仁昌寺《にんしょうじ》いうもんや。オヤジの仇を討つためなら協力する。そのときは俺を捜せ」

豊川は小さく頷いて、今度こそ背を向けた。


『それで、いまどこよ』

ティーチャーは声を潜めて訊いてくる。

「新今宮駅近くのホテルの駐車場だ。屋内駐車場だから人目にはつかない」

比較的新しくオープンしたホテルで、一階部分が駐車場になっている。その一番奥に車を停めていた。

『でもベンツのゲレンデでしょ。もっと地味な車はなかったの?』

大型のSUVで、艶消しの黒で塗装されていることもあって、目を引く。しかし仁昌寺から渡された車で、豊川に選択肢はなかった。

「別に盗難車でもないし、足がつかない車なだけマシだろ」

ティーチャーは、しばらく唸った。

『しかし、浸透計画がそこまでやるかな』

襲撃事件のことを言っている。

浸透計画は隠密が絶対のはずだが、いくら暴力団事務所とはいえ、昼間の繁華街に傭兵を送り込むということに違和感があるという。

『まあでも、前回もスカイツリーでドンパチやるくらいエスカレートしてたから、ないとは言えないか。で、どうするの？』

車が一台入ってきて、豊川は車内で伏せる。腕を小さく畳み、敵から奪ったベレッタPx4を胸の前に抱えると、外を覗く。車はそのまま三台分空けて止まり、スーツケースを持った老夫婦が、フロントがある二階へのエスカレーターに向かっていった。

豊川はふたたび身体をシートに預ける。

「俺の拉致を仲介してきたのは橋本という男らしい。そいつを追ってみる」

『手がかりはあるの？』

「心斎橋のサムデイというバーによく現れるらしい」

『心斎橋ね、ちょっとまって……』

新今宮駅の発車ベルが薄く聞こえた。

つい三十分前に起こった戦闘が夢のように思えたが、手にした拳銃がそれを否定していた。

『確定申告のデータベースにそれらしいものがあるわね。所在地は雑居ビルの地下ってことになってるけど、ホームページがあるわけでもないし、たぶん看板も出てないでしようね。会員制かな、ワケあり連中のね』

「アドレスをくれ」

スマートフォンに、住所が地図付きで送られてきた。ひと目見て地図を脳に記憶する。

「また連絡する」

豊川は車をその場に置いたまま、心斎橋に向かった。

そのバーは心斎橋筋の一本裏にあった。古くてなんの飾り気もない雑居ビルの横手にコンクリート打ちっぱなしの階段があり、下りきったところは昼間でも薄暗かった。木製のドアはあるが、ティーチャーの言うとおり、ここがバーであることを示す看板は一切なかった。いまが営業中なのかどうかもわからない。

ドアノブに左手を置くと、右手を腰に回し、ジーンズに差し込んだ拳銃のグリップを握る。親指がポリマー樹脂製のフレームを撫でてから、セレクターレバーに辿り着き、その安全装置を解除した。小さくも、危険な金属部品の感触が伝わった。

ドアノブを引いてみると、重くはあったがそれはスムーズに開いた。

間接照明で照らされた十畳ほどの店内に客はおらず、怪訝な顔を見せるマスターが突き当たりのカウンターでコップを磨いているだけだった。

「帰んな」

ノリの利いた白シャツに黒のベスト。典型的なバーテンダー姿の白髪で痩せた六十代のマスターは、豊川を見るなりそう言った。

他に客はいなそうだ。

「営業はしているんだろ？」

「一見さんはお断りや言うとるんや。出ていけ」

ハエでも追い払うような仕草をしてから、背後の棚に、よく磨いたグラスをしまった。その間に招かれざる客は帰ると思ったのだろう。ふたたび振り返った時に、カウンター席に座る豊川を見て仰け反った。

「おい、お前の来るところじゃないと言うたやろが」

マッチ棒のような身体の男だが、ワケありのバーを経営しているだけのことはあって、その凄みは素人には出せないものだった。

しかし豊川には、直接闘えば勝ち目がないことを悟ったうえでの虚勢であることはすぐに分かった。カウンターの中は進入できない聖域だと安心しているようだったが、豊川がその気になれば三秒で引きずり出し、床に這わすことができる。

「聞きたいことがある。それに答えてくれればすぐに帰る」

「アホバカタレ。なめたこと抜かすと痛い目にあわすぞ」

豊川は聞き流す。

「橋本という男を捜している。常襲会に仕事を仲介していて、ここにはよく来ているらしいから知っているだろう」

「知らんがな、そんな男」

そう言いながら携帯電話を取り出した。

「逃げるならいまのうちやで。お前はここがどんなところか分かってへんやろ。どうなっても知らんからな」

昭和のヤクザ映画のような口上だった。

「もし常襲会のチンピラを呼ぼうとしているなら無駄だ。一時間ほど前に何者かに襲われて組長も若頭も死んだ。組は壊滅状態だ。呼んでも誰も来ないぞ」

耳に当てていた携帯電話を持つ手がパタリと落ちた。

「なんやて……組長も……若頭も……?」

「ああ、俺はその場にいて組長と最期に話した。橋本が裏切ったと言っていた」

マスターはなにを信じていいかわからないようだった。

「この店のことは仁昌寺という男から聞いた」

カウンターに両手をついて前屈みになる。

「に、仁昌寺は無事なのか?」

「ああ。無事だ」

マスターは安堵の表情を見せた後、自分の考えを整理するかのように、おもむろに氷を削りはじめた。丸くなったそれをグラスに入れ、ウイスキーを注ぎ込み、それを豊川の前に置いた。

「誰か入ってきたときに、なにも飲んでなかったらおかしいやろ」

それからタバコをくわえた。しかし目は虚ろで、ライターを手にしたものの火は点けない。

豊川はウイスキーを舐めながら、静かに待った。

「組長にはずいぶん世話になったんやけどな」

それから、クソッと悪態を挟んで続けた。

「そういや、あいつ……」

三十秒ほどの沈黙の後、落ち着いた声で言った。

「橋本がどこにいるのか、俺は知らん。それはほんまや。しかし、あれは十日ほど前やったか。ぶらりとやって来たんやけど、酷く酔ってて、そしてずいぶんと落ちこんどった。ろれつも回っとらんで、わけのわからん話を繰り返してたんや」

マスターは、自身の記憶に間違いがないか確認するかのように頭を数回叩いた。そして、おそらく橋本が座っていたのだろう、カウンターの一番隅に視線を泳がせた。

「たしか『これじゃミャンマーの二の舞や』言うてた」

「ミャンマーの……二の舞？　どういう意味だ」

「それは分からへん。聞いたところであの状態じゃ答えられんかったやろうし、面倒くさく絡むさかい、放ったらかしてたんや。ほれで、小一時間してなんぼか正気を取り戻して帰って行きよった」

「連絡先は？」

「それは知らんねん。あいつは頻繁にケータイの番号を変えよるし、住処も決まってへんかったから」

そこに着信があった。ティーチャーからで、一連の報告を聞いた豊川は、小さく舌打ちをした。

物憂げなマスターに訊く。

「橋本の下の名前は義雄《よしお》か？」

マスターは驚いた顔でうなずいた。

「五十二歳、頭髪はやや薄い。上の前歯がインプラント、腕時計はウブロ。そして背中に阿弥陀如来と鯉の入れ墨」

「せ、せや。しかしなんでや……」

「いま連絡があった。橋本は死んだそうだ」

息を呑むマスターを横目に、豊川は手にしたグラスを床に投げつけてやりたい衝動を必死で抑えた。

ティーチャーは橋本の行方を捜すために警察のデータベースに侵入していた。そして、高槻市の住宅街で発生したひき逃げ事件の被害者の名前が橋本であることを発見した。

「あいつは、殺されたんか？」

豊川は、マスターに目でうなずいた。

「おそらく、常襲会を襲ったのと同じ連中だろう」

「いったい誰なんだ」

「それをいま調べている」

ここで重要なことを思い出したかというような顔を豊川に向けた。

「そもそも、あんた、いったい何者なんだ」

豊川は立ち上がり、ウイスキーを飲み干した。

「俺は漂流しているだけだ。ドリフターとか呼ばれることもある」

マスターは眉間に皺を寄せた。

豊川は現金を持ち合わせていないことに気付いて、ティーチャーから非常用にと渡されていたクレジットカードを差し出した。

マスターはいらない、という仕草をしたが、ヤクザ界隈に借りは作りたくなかった。

会計を終えたマスターは、クレジットカードを眺めながらポツリと言った。

「関係あるかわからんのやけど」

「構わない。言ってくれ」

「あいつもカードで支払いをしようとして、酔っぱらって変なカードを渡してきたんや。黒いからブラックカードかと思うたけど、クレジットカードと違くてな」

豊川はジャケットの内ポケットに手を入れる。

「ひょっとして、それは、このことか?」

傭兵から奪ったカードを見せた。

「ああ、これやこれや」

「これはなんのカードなんだ？」

「それは言わんやった。ただ間違えたことに気づいた時は、一瞬酔いが覚めたみたいになっとったから、大事なものやったんやろうな」

豊川は頷き、店を後にした。

第二章　因果の由来

新今宮グランドホテルの駐車場に戻ってきた豊川は、車の荷室に身体をひそめていた。

『そこ、大丈夫？』

「いまのところな。ここはホテルに用がある者しか来ないし、それに、車の出入りも監視しやすい」

『それで、どうするの』

豊川は〝ブラックカード〟を取り出した。

「橋本も傭兵も同じカードを持っていた」

『となると、橋本は浸透計画と繋がりがあったことになるわね』

浸透計画は、豊川の潜伏先の特定と拉致に関して、足跡を付けないために橋本に依頼し、地元のヤクザを使ったということだ。

「しかし組長はそれが中国からの依頼と知って、俺を引き渡そうとはせず、背景を知ろうとした。焦った橋本はヨウコに接近して俺の情報を摑むも、組事務所に拉致された。そこで浸透計画は組事務所に乗り込んできた……？」

『そうね、いまのところそれが妥当よね。でも橋本までどうして？』

「連帯責任で殺されたんじゃないか」

ティーチャーは唸る。豊川も自分で言っておきながら違和感があった。

他に組織に消されるとしたら、存在が害になるか、役目を果たして用無しになったかだ。

『それにしてもミャンマーの二の舞──それが気になるわね』

「それだな」

『ミャンマーには行ったことある？』

「ないが、情報本部時代にレポートを書いたことがある」

豊川はかつて、世界各国の情勢に目を光らせ、テロの脅威について分析をする職についていた。その際に、日本企業がミャンマーへ進出するリスクについてレポートをしたことがあった。

「いまだに軍事政権下にあり、少数民族間の争いも絶えない国だが……」

『その二の舞って』

「日本がミャンマーのように軍事政権になるとは思えないし、なにを言っているのか……。とりあえず、このカードがなにか調べられないか？」

『そうね、日本橋《にっぽんばし》あたりでカードリーダーを買って、ネットカフェにでも行ってくれれば、こちらから読み取ってみるわ』

その時、豊川は気配を感じた。車体の揺れを最小限にして、大きな動きをしないように、ゆっくりと荷物の下に身体をねじ込んだ。

「だれか来る、切るぞ」

足音は……三人か。静音性のタクティカルブーツを履いているのか、よく聞き取れない。しかし、外を見なくても気配が近付いてくるのはわかった。

そして小型フラッシュライトの細い光が窓を通して車内を舐めまわした。豊川は身じろぎせず、荷室に積まれた荷物になりきった。濃いスモークガラスだから、外からははっきりとは見えないはずだ。

――あった。

男の囁き声がした。光は後部シートを照らしている。そこには脱いだ防寒ジャケットを置いていた。

――このホテルに泊まっているのか。

――おそらくな。

声の主は三人だった。

――俺は中の様子を見てくる。

――了解、俺たちは車で待機する。

そして、コトリという音がしたあとに、気配は遠ざかっていった。

車内から外を窺う。車内に残ると言った二人の男が近くにいるはずだが、ここからは見えなかった。

後部ドアを開け、液体のような滑らかさで素早く外に出ると、地面にかがみ込んで車の底部を覗き込んだ。

スマートフォンのライトで照らしてみると、なにかがフレームに張り付いているのを見つけた。

慎重に取り外してみると、マグネットで吸着した——爆弾だった。テレビのリモコンほどの大きさだが、高性能爆薬なら、この量でも、堅牢なベンツを跡形もなく吹き飛ばしてしまうだろう。

豊川は這うような姿勢で移動する。

車から見張るなら、エントランスが見えるところだろうと、一台ずつ確認していくと、セダンの前列に座る男の影がふたつ見えた。

背後から接近し、車の下に潜り込む。そしてハンドタオルをマフラーに当て、そこに爆弾をセットする。ネオジムマグネットは強力なため、固定時に勢いよく張り付いてしまい、音や振動で気づかれる可能性があるからだ。ハンドタオルを挟んだままでも、かなり強固に固定された。

それからまた身をかがめて移動し、柱の陰に身を隠す。

「ティーチャー、新今宮グランドホテルの防犯カメラ映像にアクセスしてくれ」

『ずいぶんと簡単に言ってくれるわね』

「こっちは船に穴を開けられるくらいの爆弾を仕掛けられたんだ。なんとかしてくれ」

『んで、ホテルのどこを見たらいいのよ』

「まず駐車場。エントランス前を見られるか？」

『んーっと、これかな』

「ゲートの横に柱があるだろ」

『ちょっとアングルを変えてみる……あ、いた』

豊川は柱からちらりと身を出し、天井に取り付けられたカメラに小さく手を振った。

『久しぶり、元気そうね』

「そんなこと言ってる場合か。ここから五台横の白のセダン」

『あー、いるわね。悪そうなのがふたり』

「ロビーは？」

十秒ほど待った。

『奥のカフェには人がいるけど、そのほかはフロントにひとりいるだけね』

「男がいないか？」

『男って、どんな？』

「声しか聞いてないから、わからん。でもひとりだろう」

『あー、いた。入ってすぐのソファー、トイレ入口とエレベーターの間』

「了解。ちょっと行って話を聞いてくる。車の二人を見ててくれ」

『騒ぎをおこさないでよね』

ホテルの入口は一ヶ所だけのようだ。応援の二人が来る前にかたづけておきたい。車寄せにタクシーが入ってきたのをみはからって、豊川はするりと柱の陰から抜け出す。そして観光客が大きなスーツケースをトランクから引っ張り出すのを横目にエントランスに入る。

『車の連中が気づいた』

「すぐ追ってきてるか？」

『いや、電話で話してる。相手はロビーにいる男みたいね……その男はエントランスに背を向けているけど、たぶん、ウインドウの反射を見て監視してるんだと思う』

「了解」

エントランスを通り抜けた豊川は、その背中をちらりと見やる。肩幅と首の太さ、そしてカリフラワーのような耳のかたちからレスリングか柔道をしっかりやってきた人物だろうと想像した。

豊川がトイレに向かうと、男は立ち上がった。

『動いたわよ。あら、ずいぶんとデカいわ。間隔は十メートル』

トイレには誰もいなかった。個室が五カ所、小便器が七台並んでいた。

豊川が手を洗っていると、男は背後を通り過ぎて小便器の前に立った。おそらくフリだろう。ペーパータオルで手を拭いていると男は横に並び、手を濡らして髪の毛を整える仕草をした。

豊川は身体的な特徴を素早く量った。

身長一八五センチ、体重九五キロ。

「九ミリか」

話しかけると、男は手を止めた。

「ん？　なんだって？」

豊川は鏡の中の男の、胸あたりを指さす。

「サプレッサー付きを隠すのはたいへんだな。あんたは身体つきがいいだけに、スーツの膨らみが不自然だ。ゆったりめのダウンジャケットくらいじゃないと隠せないぞ」

男は戸惑いを見せたが、すぐに笑い出した。そして、話が早いとばかりに、懐に手を差し入れた。思ったとおり、ポリマー製の拳銃、グロック17にはサプレッサーが付いていて、ホルスターから抜き取る様は、侍が刀を抜くようだった。

豊川は、あえて銃口がこちらを向くまで待ち、その瞬間、蚊を叩くようなスピードかつコンパクトな動きでサプレッサーを摑んで内側に倒した。

銃身が長い分、その先端を摑めば〝てこの原理〟で握力に勝る。

自身に銃口が向くのを避けるため、そして自身の手からするりと抜けてしまいそうな銃を守るために男は左回りに身体を捻った。

豊川の狙いはむしろそちらで、あっさり銃から手を離すと、背後を取って腕を回し、首を締め上げた。

男は後ろに張り付いた豊川に銃を向けようとするが、ここでもサプレッサーの存在が裏目に出る。首を締め付けられて自由がきかない身体では、その長い銃は取り回しが悪く、顔の横や、股の下などから引き金を引くが、豊川にはかすりもしなかった。

やがて男の膝が崩れた。それでもさらにあと一分。意識は落ちたが、男は最後まで銃を離さなかった。

豊川は男を個室の便座に座らせ、銃を奪うと所持品を検めた。身元がわかるようなものはなかったが、やはりあの黒いカードを持っていた。

銃を構えて何度か足を蹴ると、男は虚ろに目を開けた。そして状況を把握し、奥歯を噛んだ。

「誰の差し金だ」

豊川は言ったが、素直に答えてはくれないだろうということはわかっている。

「ちなみに俺の賞金はいくらだ。外の連中と三等分しても、チンケな殺し屋を満足させるくらいの金が残るのか?」

男は不敵な笑みを浮かべるだけで、口を開こうとしない。

「クライン・ザングってのは、仇を取りたくなるくらいの男だったのか?」

すると、便器に座ったままのけぞり、今度は声を出して笑った。

「クラインか……お前はなにもわかっていない」

「ほう？　なら教えてくれよ」

「クラインが東京でテロを企てたのは知っている。だが、あいつは、殺されたからといって、お前に復讐したくなるほど価値のある男じゃなかった」

豊川の眉間に皺が寄る。

「じゃあなぜ俺を狙う？」

「それは自分で調べるんだな。お前が歯向かっている相手がどんな存在なのか。お前の行くところも手の内も全部わかるんだよ」

浸透計画のほかに誰が自分を狙うというのか。

そこにイヤホンから通知音が鳴る。ティーチャーだった。

『車からひとり出たわ。そっちに向かってる』

豊川は個室から二歩下がり、トイレの出入り口を警戒する。

「さあ、どうするんだ」

援軍が来ることを悟ったのだろう、男が挑戦的な口調で聞いた。

「ちなみに、お前は、人質にされたら助けてもらえるほどの男か？」

愚問だとばかりに笑う。

「ならば、動いたら先に撃つ」

男はお手並み拝見とばかりに腕を組んだ。その時、トイレの入口から、サプレッサーがぬっと突き出されるのが視界の隅に映った。

豊川は素早く銃をそちらに向けるが、攻撃はそこからではなかった。一瞬の隙をついて、便器に座らせてたはずの男が重いタックルを仕掛けてきた。豊川は壁に叩きつけられたが、銃は手放さない。銃口を男の背中に突き立て、引き金を引こうとしたが、今度はトイレの入口で別の男が銃を構えていた。豊川はそちらに向かって発砲し、引き下がらせる。

そのパスパスッと気の抜けた銃の音よりも、男が顔を覗かせていたすぐ横の壁のタイルが弾ける音のほうが大きかった。

豊川の足が浮いた。そのまま入口に向かって投げ飛ばされるが、新手を警戒して仰向けの体勢のまま、両手を上げて入口に二発撃ち込んで牽制した。ふたたび男に向かって銃を構えようとしたが、プロレスラーがマットに倒れた相手に追い打ちするように、肘を胸に打ち落とされた。

豊川の肺の中の空気が押し出され、視界が暗くなる。銃を奪いにきたその腕を逆の手でなんとか摑むが、形勢は不利だった。

重い拳を顔面に叩きつけられ、冷たく硬い床に後頭部が衝突する。銃をもぎ取られたが、生暖かい液体を顔面に浴び、男の攻撃も消えた。

馬乗りになっていた男が銃弾を受けていた。胸、首、壁、ドア、床……。

もうひとりの男が壁から腕だけを突き出し、銃を上下左右に振りながら乱射したのだ。目的達成のためなら仲間などどうなってもいいのだろう。

豊川は逃げようとするも、仲間に見捨てられた男の巨体がのしかかって動けない。

その死体を盾代わりにしながら、床に転がる拳銃に手を伸ばす。

乱射がやみ、男が顔を覗かせた。仲間が死んでいることは気に留めず、余裕のある笑みを浮かべながら、豊川に銃を向ける。

豊川も銃を掴むが、上下逆さまでグリップを握れない。それでも持ち直す余裕はなく、そのまま小指で引き金を引いた——。

『ねえ、生きてる?』

ティーチャーの声が中耳に響く。

豊川は洗面台に寄りかかりながら、横たわる二人の男を見ていた。

「まったく、どうなっているんだ」

『おっ、生きてた』

シンクに手を掛けて起き上がると、身体中、血だらけの自分が映った。とりあえず、顔を洗う。

「何者だ、こいつら」

『その話はあとで。ホテル関係者がそっちに行くわよ』

一息もつかせてくれないのか。

豊川は脱兎のごとくトイレを飛び出すと、ロビーを駆け抜けた。

『もうひとりは車に待機中』

た。

「見えた」

駐車場から般若のような表情を浮かべる刺客が、車を急発進させて豊川に向かってきた。

豊川が駐車車両の隙間を抜けると、背後で衝突音が響いた。

車に衝突した刺客は、タイヤをスピンさせながらバックする。外れた部品が跳ねて派手な音を鳴らした。

ベンツに飛び乗ると、豊川は方向転換中だった刺客の後輪あたりに激突させ、精算機のバーを撥ね飛ばして外に出た。通天閣を右手に見ながら堺筋を北上する。

信号待ちの車列を右車線から抜くが、直進できる交通量ではなかったので左にハンドルを切る。後ろでは多重衝突が発生して道を塞いだが、セダンは歩道をすり抜けて、なおも迫ってくる。

何人かの歩行者が撥ね飛ばされたのが見えた。このままでは被害が拡大する。

豊川は、えびす町から阪神高速環状線に車を飛び込ませた。

バックミラーには、白いセダンがしっかりついてきているのが見えた。

交通量はさほど多くなく、他の車の間を縫うように進む。しかし、刺客はロスを最小にするためか、直線的なコースを取っており、他の車に接触しながらも徐々に間隔を縮めていた。

そして追突を受けた。それは二度、三度と続く。

豊川はバックミラーを見ながらタイミングを合わせて、一気にブレーキをかけた。相手のフロントバンパーは大きくひしゃげ、飛び出したエアバッグをかき分ける刺客の顔は鬼の形相だった。

豊川は思い切りアクセルペダルを踏み込んだ。近畿自動車道への分岐である守口ジャンクションが迫り、追い越し車線に乗る。直進すれば阪神高速は終点となり、国道一号線に合流する。刺客もぴったり後をついてきていた。

走行車線をトレーラートラックが走行しており、豊川はそのやや前で併走した。セダンはすぐ後ろに迫っていた。

そのタイミングで豊川はハンドルを左にきった。

車はトラックの鼻の先をかすめて車線を横断すると、分離帯をかすめ、近畿自動車道へのランプに入った。

刺客は後を追おうにもトラックが邪魔で、急ブレーキを踏むが、すでに分岐の区間を通り過ぎていた。

そこから強引にバックを試みたため、避けようとしたそれぞれの車があちらこちらで衝突し、高速道路上は混乱状態に陥った。

豊川は料金所を通過したあたりで車を停めた。近畿自動車道の下り線は、いままで走ってきた守口線の上をまたいで南進するために上り坂になっており、状況がよく見えた。

事故車両で本線は完全に塞がれていたが、幸い、大破した車はなく、重傷者も出ていなさそうだった。

あのセダンは豊川を追うために後進しようと試みていたが、身動きがとれない。

そこで、豊川が見下ろしていることに気づいたのか、男は車を停め、外に出ると、仁王立ちで豊川を睨んだ。

事故の原因を作った男に何人かが詰め寄ったが、拳銃を手にしているのを見て、慌てて四散した。

男は胸ポケットに手を入れ、なにかを取り出すと、手にしている無線機のようなものを掲げてみせ、勝ち誇ったかのような笑みを浮かべた。

次の瞬間、セダンは大爆発を起こし、豊川のところまで熱波と衝撃波をもたらした。


『どうなってんのよ』

今度はティーチャーが訊いた。

「それは俺のセリフだ」

豊川は八尾にある公園の駐車場の片隅に車を停め、ベンツをチェックしていた。

あまりにみすぼらしいとかえって目立ってしまう。取れかかっている部品は外してしまったほうがいい。傷や凹みは多数あるが、他でも見たことがある、くらいにはなった。

周囲を見渡す。公園の駐車場のため、この時間はぽつりぽつりと車が見えるだけだ。

街灯はあるが、長らく手入れされていないのか、ぼんやりとした明るさでそれらを照らしていた。

すぐ背後は緑地で、さまざまな木々が斜面に生えているが、そこには光が届いておらず、墨汁をたらしたような闇をつくっていた。

「車に爆弾を仕掛けていたことや、仲間を仲間とみなさない行動は、目的達成が第一という強い意志を感じた」

『目的。つまり、あなたの暗殺ね』

「そういうことだ」

運転席に座り、シートを倒す。

『これからどうする？　潜伏先を変える？』

「いや……やはり決着はつけないといけないだろう。ちょっと時間をくれ」

豊川は体を起こし、再度周囲を見渡してから、目を閉じた。戦いで一番大切なのは目だ。だからすこしでも休ませておきたかった。

しかし、その直後に体が落下するような感覚が襲い、足が攣縮《れんしゅく》して飛び起きた。

「ティーチャー？」

イヤホンに指をやる。

『なによ』

「何分だ」

『三十秒もたってないわよ。ねえ、一旦休んだら？　監視カメラがあるところなら私が見張っててあげるわよ』

額を濡らしていた脂汗を拭った。

「いや、いいんだ。もうすっきりした」

実際、ほんの数十秒であっても、緊張状態から解放された脳は活性化していた。

自衛隊での特殊訓練でもそうだった。森で敵に包囲されているという設定で、いつ襲われるかわからない緊張感のなか、三日三晩、寝ることができず、精神を極限状態に追い込まれたことがあった。

その時、横になれなくても、部隊の仲間と背中合わせでほんの少し目を閉じるだけで、身体の機能を回復させることができた。

その時の名残なのかもしれない。

『いずれにしろ、備えはしたほうがいいわね。武器は？』

「いま持っているのは——残弾九発のベレッタPx4と、十七発入りの予備弾倉がひとつ——」

その時、脳の奥底でだれかにノックされたような感覚があった。いやな予感がした。

豊川は車を降りると、車の背後の斜面を登り、雑木林に身を潜めた。

『どうしたの、トラブル？』

「いや、わからない。ただ、車だと落ち着いて考え事ができないような気がして」

駐車場のゲートを見やるが、誰も入ってくる様子はない。

『そういう感覚は大事にしたほうがいいかもね。移動したら？　聞いている？』

豊川はイヤホンを指で三度叩いてから、それを取り外す。その意味を理解したティーチャーは通話を終了させた。

周囲にひとの気配を感じたのだ。

やがてそれは確かなものになる。

枯れ葉や小枝を踏む音が鳴った。左後方の斜面三十メートル。右からも――いや、その気配は豊川を取り囲んでいた。

豊川はいま、大きなケヤキの幹に寄りかかっていて、枝葉の隙間から、斜め上から車のトランクを見下ろしている。そのさらに背後。扇状に広がる気配が、豊川に向かって集約していくようだった。

いま飛び出しても、車に辿り着くまでに、蜂の巣にされるだろう。

ならばここで応戦するか。

しかし敵の数は、おそらく五～六人。相手がなにを装備しているのかにもよるが、ほぼ包囲された状態では分が悪すぎる。一人を撃つ間に、他から一斉射撃を浴びてしまう。

――どうする。

いまできることは、拳銃の安全装置を、音を立てずに解除することだけだった。

目を閉じ、息を整え、聴覚情報をフルに活用し、脳内にマップを描く。そしてあらゆるシミュレーションを行った。

手足の一、二本をくれてやるくらいの覚悟がなければ勝ち目はないが、それすらごくわずかな可能性だった。

ふと、連中の動きに違和感を感じ、おもむろに目を開けた。

——俺を狙っているのではない……車だ。

奴らがここにいる理由は豊川を抹殺することで間違いはない。ただ、いまこの瞬間、奴らが見ているのは駐車しているベンツだ。豊川が車外にいることには気づいていない。

豊川はゆっくりと身を縮め、街灯がつくる影の中に身を隠した。

地面を踏み締める音がはっきりと聞こえてきた。乾燥した枯れ葉がパリパリと鳴る。さらに斜面を下っているため、時折、足を数センチ滑らせている。よく訓練された者だというのはわかるが、そんな些細な音でも、いまはレーダーに映る輝点のようにはっきりと位置を確認できた。

いよいよ距離が近くなり、豊川は、静かに、しかし深く吸い込んでから、息を止めた。そして気配を消す。

迫る刺客のうちの一人がすぐ後ろに接近してきた。木の幹のすぐ横を通ったが、影に潜む豊川には気づかなかった。

小銃を構えて車を注視していたこともあるし、中途半端な灯りがあるために暗視ゴーグルを使用できなかったことも幸いした。

眼球だけを動かして視線を巡らせる。闇に蠢《うごめ》く影は五つだった。いまはそれぞれの間隔を狭めていて、一番左にいた男が二本指を立てて前後に振った。それを合図に二名が身をかがめながら左右に分かれ、車に接近する。どちらも、もし豊川が車内にいたなら死角に入っている。その無駄のない動きは、やはりプロのものだった。おそらく軍隊経験者か、そういう者に訓練されたのだろう。

二人の男は同じタイミングで伸び上がり、車内に銃を向けた。しかし、無人であることを確認し、リーダーとおぼしき男にサインを送る。

すると、一斉に警戒モードにはいった。豊川が近くに潜んでいる可能性を考えたからだろう。周辺に油断なく目を配り、いましがた自分たちが降りてきた斜面に銃を向けた。そして巨大なケヤキに目をやり、取り囲むようにゆっくりと近づいた。

しかし、豊川はそれを背後から見ていた。奴らが通り過ぎたあとに、すぐ移動を開始していて、いまは駐車場に停められた二トントラックの運転席の窓を通してその様子を観察していた。

銃を構える。いまなら奇襲できるが、無駄な戦闘は避けるべきだろう。

豊川はベンツに潜り込むと、エンジンをスタートさせ、驚いて振り返る刺客たちを尻目に急発進させた。

ボディに穴が開く衝撃が二回ほど伝わってきたが、追撃は思ったよりも少なかった。乱射されてボディが蜂の巣になったり、ウインドウを割られたりすると目立ってしまう。

だが、思い切った攻撃をして来ないのは、その先のプランも立てているからだという気もした。

計画的に、組織力で追い詰める。そんな印象だった。自分が追う立場だったら、同じような手法をとるだろう。

西に向かう幹線道路を走らせながら、耳にイヤホンをねじ込む。

『なんとか逃げ切ったみたいね』

「ああ、だが際どかった」

『いま思えば、常襲会の時はけっこう雑だったわよね』

「おそらく、組長らがターゲットだったんだろうな。俺がいることを知らなかった可能性もある」

『それが、あなたがターゲットになったものだから、それなりの戦力で臨んできたのね』

「組事務所には二人、ホテルでは三人、そして今回は五人。しかも戦闘訓練を受けている者たちを送り込んできた」

前を走るトラックを追い抜こうとしたが、やめた。ゆっくり考えたかった。

「しかし、なぜあの場所がわかったんだ。街中にある監視カメラか?」

『ハッキングするにしてもかなりの腕と、ある程度大きな規模の組織じゃないと無理でしょうね』

「浸透計画だったら、警察内部から情報を探れるかもしれない」

そこまで言ってバックミラーに目をやり、後続車を確認する。それからしばらくトラックの後ろに着いていたが、ハッとして車を路肩に停車させた。

豊川は身体を捻って後部座席に置いていたジャケットを手繰り寄せる。

まさかとは思ったが、嫌な予感が湧き上がってきて止まらなかった。

ジャケットのポケットの内側や、縫い目を丹念に調べていった。そして、裾に指を這わせていると、暗澹たる気持ちに押しつぶされた。

『どうしたの？』

再び本線にもどって呟く。

「発信機だ。ジャケットの内側に縫い込まれている」

いままで予備のボタンだと思っていたが、よく見ると厚みがあり、色も違う。

『え、間違いないの？　だってそれは――』

「それを確かめる」

阪神高速堺線に入り、湊町パーキングエリアに滑り込むと、建築資材を積んだトラックの荷台にジャケットを捩じ込んだ。それから車を本線への合流近くの柱の陰に停めた。

それから五分も経たなかった。大型のバンが入ってくると、空いている区画は他にもあるのに、あのトラックの斜め後ろに止まり、男が二人出てきてトラックの両側に回り込んだ。さすがにライフルを構えているわけではないが、二人ともコートに手を入れている。

そして運転席を覗き込むと、車で待機している仲間らに手で合図を送った。それから荷台に目をやり、ジャケットを見つけ、それを地面に叩きつけた。

やはり追跡装置が仕込まれていたのだ。

あのジャケットはヨウコからもらったもので、手元を離れたことはない。つまり、はじめから仕掛けられていたということになる。

豊川は静かに車を発進させた。

「どうやら、ずっと見張られていたようだ」

常襲会のチンピラに拉致されたのも、新今宮のホテルにいたのも、そして今も。連中には居場所が筒抜けだった。

豊川は進路を西成に向けたが、ティーチャーは、どこに行くのか聞かなかった。


三角公園の脇に車を停めた豊川は、いったん宿泊所に戻り、冷蔵庫の下から宮間の警察手帳や現金などを回収した。

もうここに帰ってくることはないだろう。

世話になったシローの部屋をノックするが、反応はなかった。

簡易宿泊所を出て、車に戻ろうとすると、通りの奥から片足を引き摺りながら歩く男の影が見えた。それがシローだと気付いて駆け寄る。

シローは右手を首から下げた包帯で吊っていて、顔にも腫れが見えた。

「どうしたんですか！」

「おお、スーさんやないか。恥ずかしい話、若い奴らにやられてもうてな。黒ひげのところで診てもろうてん」

「常襲会ですか」

そう思ったが、組が壊滅的な状況でシローに構っている場合ではないはずだ。

やはりシローも首を横に振った。そのときに痛んだのか、しかめ面になって唸る。

「大丈夫ですか」

身体を支えてやりたくても、どこを触れても痛そうなので、そっと背中に手を添えるにとどめた。

「違う連中やった。それより、ヨウコちゃんや」

ヨウコの名前が出て豊川は緊張する。

状況的に、ジャケットに発信機を仕込んだのは彼女しかいない。

「ヨウコさんがどうかしたんですか」

するとシローに気づいた住人たちがわらわらと出てきて、口々に気遣う声をかける。

三角公園のベンチに腰を下ろしたシローは、差し出されたカップ酒をうまそうに飲んだ。

最高の痛み止めや、と嘯《うそぶ》くシローだったが、飲酒によって血流がよくなれば、腫れや痛みが強くなり、内出血や炎症も悪化するはずだ。

だが、ここでは言わなかった。シローにとっては、そんなことよりも精神安定剤的な意味合いが強いのだろう。

「皆でここにおったらな、黒い車がそこに停まって——」

公園内のステージ横あたりの路地を目で示した。

「男が二人降りてきて、中からヨウコちゃんを引き摺り出したんや。そして、まるでゴミでも捨てるみたいに、俺らの前に放り投げたんや」

豊川は絶句する。

「ヨウコさんは……?」

「そりゃもうひどい有り様やった。はじめはヨウコちゃんいうんがわからんくらい顔は腫れ上がっとったし、服もボロボロで、身体中あざだらけやったんや」

カップ酒に口をつけたシローの後を継ぐかのように、取り囲んでいた別の住人が口を開く。

「それで、俺らはそいつらに詰め寄ったんやけど、まったく歯が立たんでな。俺なんかは一撃で伸びてしもうたが、このシローは最後まで歯向かっとったから、余計に攻撃されてもうてな」

「なぜヨウコさんが、そんな目に?」

豊川は、そう訊きながらも、原因は自分にあるのだろうという気がしていた。

ふたたびシローが口を開く。

「なにしろ、ヨウコちゃんとは話ができる状態やなかったからな」

悔しさと悲しさが入り交じった表情で、カップにもうひとくち口をつけて言った。

「あの子、ずっと謝っててん。小さな声やったし、意識もなかったと思うけど、ずっと、ごめんなさい、ごめんなさいって」

周囲の空気が重くなる。

「乱暴をやめてほしくて謝っとんのかと思うた、はじめはな」

「どういうことです？」

「あれ、あんたに言うてたんちゃうかなと思うてん」

はじめて見るシローの眼差しに、豊川は心臓を摑まれたような気がした。

「なぜ、そう思うんです……？」

「あの子、あんたになにか迷惑かけたんとちゃうか？」

ふと見ると、十人ほどが集まっていた西成の住人の目が、みな豊川を向いていた。

「あんたがなにをしてきたんかは知らん。まあ、もともとここにいる連中は訳ありやけどな、あんたは違う。俺らが追われるのは借金とりくらいなものやけど、あんたを追うのはまったく別の人種ちゃうんか。あいつらがヨウコちゃんに手を出したんは、あんたを追うためやったんやないんか。ヨウコちゃんは深いこと考えんと、あんたのことをなにか言うてしもうたんかもしれん」

責めるような口調ではなかった。まるで子を思う親のようだった。

シローはカップ酒を両手で包み込んだ。それから三角公園の空を見上げた。

「〝ようこ〟いうんは〝瑤子〟っていう漢字や。生まれた時に、たまのように美しい思うたからそうつけたんや」

豊川は息を呑む。

「あなたは……」

俯き、涙を拭うこともなく地面を濡らすシローを見ていて、胸が張り裂けそうな思いだった。

あっ！　と声が上がった。

見るとスーツ姿の男二人がこちらに歩いてくる。ひとりの手にはすでに光るものが握られており、住人たちはまるで磁石が反発するかのように反対側に下がる。豊川とシローだけがそこに残った。

「あいつらか」

豊川がつぶやくと、シローは小さく、せや、と応えながら震える足で立ちあがろうとした。その肩に手を置いて豊川は座っているように促した。

豊川は前に踏み出す。

「お前ら、どうして車から出た？」

豊川の唸り声のような言葉に、二人は一瞬戸惑いを見せ、それから薄気味悪い笑い声を重ねた。

「どうして車の中から銃で俺を狙わなかった」

「なにを言ってんだ、てめぇ」

「そうしなかったのは、お前らのミスだ。そして俺の友達に手を出したことも」

ナイフを手に持つ男の笑みが消えた。そして次の瞬間、薄暗い空間に光跡を描きながら切先が豊川の喉を狙って迫りくる。

しかし倒れたのは男の方だった。左手で喉を押さえているが、指の隙間、そして口からは鮮血が溢れていた。

ナイフを持つ手を右手で掴み、左手を相手の肘の外側に置いて一気に逆方向に力をかけた。肘の関節が割れ、握力を失った指からナイフを奪って頸動脈を裂いたのだ。二秒ほどのできごとで、シローや、離れて様子を窺っていた住人たちを絶句させた。

もうひとりの男が背後で銃を抜いたのがわかったが、狙いを定めたのは豊川の方が早かった。

豊川は身体を回転させながらしゃがみ込んだ。腰に収められていたPx4がスムーズかつ最短距離で男の胸に向かうと、三センチほどの間隔で二発を浴びせた。

怒りが、豊川から躊躇を奪い去り、一連の行動に一切の迷いはなかった。

「す、スーさん、あんたは……いったい……」

シローは、豊川がいま浮かべているような表情を見たことがなかったのだろう。言葉を飲み込んでしまい、それからなにも言えなくなった。まさに、鬼のそれだった。

かつて、豊川は〝オゴオゴ〟と呼ばれたことがあった。

それはインドネシアのバリ島に伝わる鬼のことで、豊川が現地のテロ組織を一人で壊滅させたときの表情がまさにそれだった、と生存者が表現した。

豊川はオゴオゴの表情のまま、口から血の泡を吹いている男の傍にかがみ込むと、いまも広がりを見せる血溜まりを見やってから言った。

「あと一分でお前は意識を失うが、その前に聞いておく。誰に雇われた？」

男に答える意思があったのかどうかはわからなかったが、一分よりも随分前に事切れた。

サイレンの音が迫っているのが聞こえた。近くには警察署もある。これから警官たちが大挙して押し寄せてくるだろう。

「スーさん、行った方がええ」

シローは振り向いた豊川がいつもの笑みを浮かべてみせてくれたことに安堵したようだった。

「これを」

現金の入った封筒を手渡すと、シローは目を丸くした。

「汚れた金じゃありません」

「金に汚れもへったくれもあらへんけど……本当は、こんなの受け取れるか、言うて、突っ返せたらかっこええんやけどな」

「これから瑤子さんの治療などで必要になるでしょうから、とっておいてください。酒に使っちゃダメですよ」

シローは封筒を両手で挟んで拝むような仕草をしてみせた。

「瑤子さんはどこに？」

「長居《ながい》の病院言うてた」

立ち上がり、逃走経路を確認すると、シローに訊いた。

「いつ瑤子さんが娘さんだと？」

シローは後ろを振り返った。

「いまはそんなこと言うてる場合やあらへん。はよ行き。落ち着いたら戻ってくればええ。そのときにゆっくり話すわ」

豊川は頷いて背を向けたが、あのよ、と呼び止められた。

「あんじょうやりや」

肩越しに軽く手を上げて見せてから、豊川は商店街を駆けた。スカイツリーでの死闘で生死を彷徨ってから半年も経っておらず、身体は重い。全力疾走するのは久しぶりだったが、追われているからというよりは、行くべきところがあるということが、足を速めさせた。

『それはどうかと思うなぁ』

ティーチャーが言う。

『どうみても罠でしょ。あなたが瑤子さんを見舞いに来ることを予測しないわけはない。むしろ、追跡装置を失った奴らが、あなたを呼び寄せるために瑤子さんを襲ったのかもしれない。殺さなかったのもそのため』

それは豊川にもわかっていた。

「だから、行くならいましかない。瑤子さんが襲われてまだ時間は経っていない。時間が経てば、隙がなくなってしまうかもしれない」

『そういう考えもあるけどさ、行っても話ができるわけじゃないのよ?』

「ああ、一目見るだけでいい」

彼女は豊川を巻き込んでしまったと思っているかもしれないが、実は逆だ。豊川がここに来なければ、彼女を巻き込んでしまうことはなかったのだ。

『止めないけどさ、気をつけてよね』

「わかっている」

豊川は自動販売機の陰から抜け出ると、目の前にある病院の夜間受付に向かった。

守衛に警察手帳を見せるとあっけなく通してくれた。

瑤子のいるフロアでエレベーターを降りると、四十代くらいの女性看護師がスマートフォンから豊川に目を移し、怪訝そうな顔を向けた。

ここでも警察手帳を見せる。

「姿を見るだけで構いませんので」

にわかには警察官だとは思えない格好の豊川に、看護師は眉を顰めたままだったが、瑤子が運び込まれた状況などから、この刑事にものっぴきならない状況があったのだろうと思ってくれたようだった。

「大変な一日だったんですか」

「ええ、かなり」

それだけ言うと、看護師が指し示した方へ廊下を進んだ。

瑤子は頭部や顔面を覆う包帯が痛々しく、豊川は心の中で詫びた。

自分に関わるものはみな不幸になるのではないか。かつての恋人が頭をよぎり、そう思わずにはいられなかった。

ナースステーションに戻ると、看護師がまたスマートフォンから目を上げた。夜勤だと暇を持て余す時間帯があるようだ。

「早かったんですね」

「ええ、ありがとうございました。それで、彼女はどのような状況なんでしょうか?」

看護師はカルテに目を通した。

「決して楽観はできませんが、出来る治療は全て行いました。あとは意識が戻るのを祈るのみです」

「そうですか、どうぞよろしくお願いします」

エレベーターに向かうが、ボタンを押そうとして、その手を止めた。エレベーターはすでに動いていて、途中階で止まることなく上昇を続けている。

こんな夜中に——まるで豊川がいる七階を目指しているようで、嫌な予感がした。

看護師に非常口を聞こうと振り返り、ハッとする。

豊川はカウンター越しに看護師の胸ぐらを摑んで引き寄せた。短い悲鳴があがる。

「なにするんですか！」

「それを貸せ！」

看護師の持つスマートフォンを手からもぎ取る。

「これで連絡したのか！」

「なんのことよ！　やめてよ！」

泣き叫ぶ看護師をよそにスマートフォンを確認する。いまはロックがかかっていた。

「解除しろ」

「ちょ、やめてください、離してください」

そこにポーンと音が鳴り、エレベーターのドアが開いた。豊川は看護師を離すと、死角になるようエレベーターのドアの横の壁に張り付くように立った。

出てきたのは若い医師だった。医大を卒業したばかりの研修生といった感じだ。

「そこにいるわ！」

看護師が叫びながら豊川を指差した。やはり仲間か。

若い医師は、彼の背後にいた男に蹴り飛ばされ、エレベーターからライフルの銃身がぬっと現れたかと思うと、閃光を放った。

豊川は床を転がりながら拳銃を連射し、刺客に命中させてこれを無力化するが、そこで後退したスライドがロックされた。弾切れだ。

スナップをきかせながら空になったマガジンを横に飛ばすと、素早く装塡済みのマガジンをグリップに押し込む。スライドが前進しながら次弾をチャンバーに送り込み、発射態勢が整ったときには、すでに次の刺客がエレベーターから現れ、豊川に向かって引き金を引いた。たまらず、カウンターの中に飛び込んだ。

すると、頭を抱えながら床に伏せた看護師が目の前にいた。なにかを言おうとしたのを、豊川は拳を叩きつけて黙らせた。

掃射された銃弾が、安っぽい板を撃ち抜いて無数の穴を開けた。そのうちのひとつを覗いて敵の位置を確認すると、手だけをカウンターの上に突き出して応射し、ひるんだ瞬間に飛び出した。

敵がライフルを向けようとしたが、豊川は懐に入り込むと銃口を押さえながら、こめかみに銃口をつけて引き金を引いた。

そのエレベーターには、他に刺客は乗っていなかった。しかしドアが閉まり、一階に戻っていくと、また昇ってきている。

——新手か。

豊川は非常階段のサインを認め、そのドアを、なかば体当たりする勢いで突破する。しかし階下を覗いてみると大勢が昇ってきているのがわかり、屋上に向かって駆け上がる。

屋上は背の高い金網で囲まれていたが、有刺鉄線があるわけではなかったので、飛びついてよじ登る。

十階建ての高さがあるが、竪樋《たてどい》があれば、それを伝って地上まで降りられると思った。金網の外から壁面をのぞき込むが見当たらなかった。

追手が迫る音が聞こえた。

もう一度、下を見る。

各階の窓には、コンクリート製の庇があった。幅は三メートルほどあるが、壁から飛び出しているのはせいぜい三十センチで、身体の厚み分くらいしかない。

それでも、他に道はなかった。

豊川はまず二メートルほど下の庇に、慎重に飛び降りた。外側に向かって角度がついていたためバランスを崩した。

まずい！

豊川は落下することを悟り、真上にジャンプし、空中で体を捻る。無理に耐えようとして、中途半端にバランスを崩して落下するよりも、最後まで姿勢を制御できた方がいい。

落下しながら庇の縁を摑み、ぶら下がったまま様子を見る。深夜ということもあり、窓はカーテンが閉められていたが、銃撃騒ぎがあったせいか、あちらこちらの部屋の電気がついていた。

次の庇までは足がとどかない。身体を振り、壁に向かって十センチだけ前に飛ぶ。勢いをつけすぎると壁にはじかれて落下してしまう。

身体全体でクッションをきかせ、窓枠になんとか指をかけて息を潜めた。

その瞬間、頭上から声が聞こえた。

「こっちにはいない！」

下を覗き込んだものの、庇によって豊川の姿が見えなかったのだろう。

無数の足音が遠ざかるのを待って、豊川は足もとの庇にうつ伏せになり、縁を摑んでぶら下がる。そして下の階の庇に飛ぶ。その動作を繰り返し、最後は芝生の上に回転しながら着地した。

病院内はまだ騒がしかった。

まずは施設周辺に植えられた街路樹に身をひそめ、それから深夜の街を駆け抜けると、長居公園に飛び込んだ。

緑のなかに身を置くと、ようやく落ち着くことができた。

訓練では、森などの自然環境は敵にも有利になるが、時として敵から守ってくれる味方にもなる。

『ほら言わんこっちゃない』

ティーチャーが予想通りのことを言った。

『大騒ぎになって、病院の監視カメラ映像が、各捜査機関に共有されはじめている。苦しくなるわよ』

「なんとかするさ。それに逃げるだけじゃ埒があかない。なんとか攻めに転じないと」

『とはいうものの、手強い相手らしいじゃない。かなり組織化されているんでしょ？浸透計画にもまだこんな組織があったのね。クライン・ザングの急進派顔負けの戦闘集団ね』

「ああ、そして指揮している奴がわからない。それに……」

『どうしたの』

イヤホンを三回タップして合図する。

いま豊川は樹上にいた。冬の公園に緑は決して多くはなかったが、常緑高木であるカシは葉を茂らせていたので、そのなかに潜んでいたのだ。

そこから見下ろしていると、市民に溶け込もうとしているが、あきらかに動きがおかしい人間がいた。二人一組で公園内を見て回る者らが、確認できるだけでも三つ。

それも時折樹上を見上げ、フラッシュライトで照らしている。まるで豊川が樹上に潜んでいることを知っているかのようだ。

いま、一組が眼下に来た。

ひそひそ声で言葉を交わしながら、時に角度を変えて上を照らす。

豊川は四方に張り出した枝の、一番密集したところに身体を収める。

フラッシュライトの光というのは、対象物を明るく照らすが、代わりに深い影をも生む。コントラストが強くなるのだ。

豊川は最小限の動きで、変化する影に巧みに追従する。

姿は見えずとも気配を感じるのか、男たちは立ち去り難いかのようにその場に留まっていたが、やがて次の木を目指して行った。

「俺の行動を読まれているかのようだ」

マイクロフォンが拾う最小限の声で囁いた。

『嫌な感じね。例の朱梨が言ってたスペシャリストかしらね』

それにしては、行動を読まれ過ぎている。ジャケットの他にも発信機が付いているのではないかと疑いたくなる。

『それで、そこから脱出できるの？』

「いや、しばらくは動かない方がいいだろう」

『了解。で、こんな時に申し訳ないんだけど、ひとつ気になる情報があるの。聞く？』

「身動きとれないからな。なんだ？」

『えっと、近藤《こんどう》、吉村《よしむら》、佐々木《さ さ き》、富樫《と がし》、國村《くにむら》、仙波《せんば》——と聞いて心当たりある？』

「人の名前か？」

『そう。みんな男』

どこかで会っただろうかと、しばらく記憶の引き出しを開けてみるが答えは出てこない。

「いや、ない。誰なんだ？」

『〝ミャンマーの二の舞〟っていう話があったでしょ』

常襲会に豊川捜索の仕事を持ってきた橋本という男が、酔っ払ってバーで言っていたという話だ。

「それが？」

『あなた、ミャンマーには行ったことはないって言ったわよね。でも調査レポートは書いたことがあるって』

「ああ、情報本部時代に……」

そこでハッとした。危うく声が出そうになった。

「ひょっとしてＰＰの件か？」

慎重に周囲を窺いながら、声を潜めて言った。

『正解』

ミャンマーは軍事クーデターの中断と再開を繰り返しているが、ミャンマーにとって日本政府は上位のＯＤＡ（政府開発援助）国だ。

ＰＰＰは官民連携を意味する略語でPublic Private Partnershipのことだ。かつてミャンマーに対して、日本のゼネコンをはじめとする開発援助計画があった。

当時の記憶が蘇ってくる。

「確か、アンダマン海のガス田のプロジェクトだった。埋蔵量の評価、生産拠点やパイプライン建設などについての計画……しかし結局日本は撤退することになったはずだ」

その要因になったのが、現地調査で南東部の小さな街〝テナスナート村〟を調査団が視察した際、現地の少数民族武装組織との衝突が発生したことだ。

当時、豊川は防衛省情報本部にいて、ミャンマーでのテロの可能性や将来のリスクについての分析を担当していた。

「結局、テロの危険性はなかったものの、現地の保守派が、よそ者をいれたくなくて起こした騒ぎで、今後の活動において見通しは悪かった。しかし、それがいま言った人たちとはどういう関係が？」

『さっき挙げた名前は、その現地調査団だったひとたちよ。商社、大手ゼネコン、外務省や経産省の役人、あなたがいた自衛隊も加わっているわ』

「なるほど……ティーチャーは俺の報告書を手に入れて読んだのか」

『ええ、堅っ苦しい、面白くもなんともないレポートをね』

「それが仕事だ。で、そのひとたちがどうしたんだ」

『みんなね、死んでいるの』

言葉を失い、生唾を飲み込む。

「どういう……ことだ」

『六人中、三人が自殺、二人が交通事故、一人は登山中に行方不明になり後日遺体で発見。遭難したと思われる』

偶然ということはないか。

『それが、ここ九ヶ月の間に起こっているのよ』

「それは……偶然では決してないな」

『でもここで疑問。なぜ調査に関わったひとが狙われるのか』

「答えを知っているのか？ それなら勿体ぶらずに教えてくれ」

豊川はそういった駆け引きのようなことが嫌いだった。

『正直に言うと、わからない。でも、ある仮説が浮かんでくる。あくまでも仮説よ』

「構わない、言ってくれ」

『そのテナスナート村。いまどうなっているか知ってる？』

「いや、知らない。俺が知る限りは小さな漁村で、これといった特徴はなかったと思うが」

『その通り。変化が起こったのはあなたが芽衣さんと出会い、自衛隊を離れたあとの話』

「というと？」

葉の隙間から外を窺い、追跡者がいないことを確認した。

『テナスナート村にはその後、中国からの借款《しやつかん》により巨大な港が建設され、九十九年間の供与が開始されているの。中国は軍民共用で使用するとはしてはいるけど、実質的には軍港よ。スリランカにも同様の港を建設していて、特にインド洋での海軍力を高めようとしているみたい』

「また中国か……」

『そう。このテナスナート村の調査に関わったひとたちが殺されているのかも。その要因は、この借款について都合の悪いことがあった。殺された彼らは中国にとって不都合な事実を知ってしまったということにならない？』

豊川は天を仰ぐ。

「日本の援助を遠ざけるために、中国がわざとテロリストが日本の調査団ともめるようにしたということか？」

もしそうだとしたら……見抜けなかった自分に腹がたった。

しかし、違和感もあった。

「それくらいで殺すか？」

『そうなのよね。だから、それくらいじゃないことが、まだ隠されているのかもしれない』

「それは？」

『たとえばだけどさ、資料によると、日本は天然ガスのパイプラインを通そうとしてたわけでしょ。でも中国としては、そこに港をつくりたかった。支配を強めたい海域に日本の天然ガスのプラントがあったら目障りだと思うのよね』

「それでＰＰＰを撤退に追い込むために？」

それが根底にあるのだとしても、いまになって関係者を殺害する理由がわからない。

『ま、鋭意調査中』

豊川は大袈裟にため息をつこうとしたが、また二人組が接近してきていることに気づいてイヤホンをタップする。

男らは、今回はあまりしつこく調べなかったが、それでも樹上にいることがわかりきっているかのような行動をとっていた。

「クリア、いなくなった。でも、考えを読まれているようだ」

『やはり追手を指揮している人物は、あなたの思考に相当近いようね。もしかして自衛官時代に関わりのあった人物とか。ちなみにクリスタルホライゾン号だけど、テナスナートに建設された港にも寄港してるみたいよ。なにもない田舎なのに、燃料と食料の補給という名目で』

豊川は考えを整理していて違和感があった。

「なあ、俺は浸透計画にスカイツリーの一件で追われていたのではなく、ミャンマーの一件で追われていたということか？」

『わからない。でも、ミャンマーの一件も浸透計画の一部だと思う』

「そうか、人を送り込んで政治経済を操るという計画は、なにも日本だけに限った話ではないということか」

『そういうこと。実際、ミャンマーには入り込んでいるしね。あそこは軍事政権だけど、かなり中国の意向が入っているようね。これからなにを企んでいるのやら。恐ろしいわ』

豊川を狙う相手は浸透計画だが、組織内では複数の計画が並行して進んでいると考えられる。

「つまり、俺は……ふたつの側面から浸透計画に関わっていたということか？」

ひとつは、クライン・ザングの東京テロ。もうひとつがミャンマーへの進出。

『そうなるわね。相手から見たら、そうとうウザいわよね』

ティーチャーは茶化してみせたものの、またシリアスなトーンに戻る。

『どっちが先かはわからないけど、でも、実は一本道なのかもしれない』

豊川は頷いた。

「だが、俺が書いたレポートが要因でＯＤＡは消極的になったはず。だとしたらレポートのどこに浸透計画は危機感を覚えたんだ。何か先方にとってはまずいことが書かれていて、芽衣を送り込んできたってことか」

『そう。芽衣さんがどこまで知らされていたのかはわからないけど、なにか都合の悪いことが書かれていたんじゃないかしら』

「しかし、どうして今なんだ。視察もレポートを書いたのも、もう何年も前の話だ」

『可能性はふたつ。ひとつはあなたが暴れまくったから。インドネシアのテロ組織を潰して、なおかつ東京テロも防いだ。このままだと過去の〝不都合〟が暴かれるかもしれないから関係者を抹殺しておこうとなった』

「もうひとつは」

『当時は問題にならなかったことが、時代の変化で〝不都合〟になったからか。もしくはその両方か』

記憶を探るが、豊川にはなにが〝不都合〟だったのかがわからなかった。ただ、浸透計画の関わりがミャンマーから始まっていたとしたら、納得できることも多い。

「じゃあ、ミャンマーの二の舞ってなんだ。日本の土地が中国の借款の対象になるってことか?」

『現実味はないけど、でも……それを狙っているのかもしれない』

日本のどこかに、日本の主権が及ばない街ができる……?

『実際さ、中国の富裕層が日本の土地物件を買いまくっているのは知ってるでしょ?いまの日本の法律では防ぐことはできない。もちろん、土地を買ったとしても、そこには日本の法律が適用されるけど。いまはね。それが村や街全体にひろがったら……』

背筋を冷たいものが走ったような感覚だった。浸透計画が目指しているという〝占領〟という言葉が、ひどく現実的に思えた。

『いまや中国の経済規模は日本を周回遅れにしようとしているくらい。きっと日本って、お買い得な物件くらいにしか見えていないのかもね』

不意に、組長が口にしていたというワードが蘇ってきた。

「セクター7……」

ティーチャーも同じ思いに到達したようだった。

『〝占領〟された土地を七ヶ所つくろうとしている――ってことかしら』

「だとしたらどこだ」

『経済的、軍事的、情報戦略的に重要な場所。政令指定都市かしら』

「だが、都市部を占領するのは大変だぞ。ミャンマーのテナスナートのように小さい村ならともかく」

『そうね……わかった、調べてみる。あなたは自分のレポートをよく思い出してみて。送っておくから』

「了解」

『それで、これからどうするつもり?』

「〝導師〟たるティーチャーを名乗るなら、お前が考えてくれよ」

ティーチャーは笑う。そして言った。

『多分、考えは同じだと思うけど？』

豊川は周囲を見渡した。追手は消えたようだ。

「そうだろうな」

そう答え、木から飛び降りると、茂みの間を縫って公園から抜け出し、街に紛れた。


「お断りよ！」

激しい明滅とビートの中で、朱梨は声を張り上げた。豊川がクリスタルホライゾンに乗船したい旨を伝えた直後のことだ。

「ところで、なんでこんな店なんだ？　この歳でクラブはキツイものがあるんだが」

「このくらい騒がしいほうが、内緒話をするにはかえっていいのよ」

テーブルを通り過ぎる男が何人も朱梨に手を振る。

「常連か？」

「そうでもないけど、あたしっていい女すぎて目立っちゃうのね」

実際、朱梨は赤いドレスを着ていて、リズムに乗って踊る若い女とは一線を画す色気のようなものがあった。

「はい、そこ。胸を見ない」

「見ていない！」

あらぬ嫌疑をかけられ、戸惑いながら会話を戻す。

「いいか、俺は特殊部隊みたいな連中に追い回されているんだ。しかもこっちの動きは読まれていて、いつまでも逃げきれるものじゃない。ならばその親玉を倒すしかない」

フロアを眺めていた朱梨は豊川に視線を戻し、耳に手を当てた。

「えー？」

クラブを選んだのは、聞きたくないことを、聞こえないフリをするためだろうか。

「俺がクリスタルホライゾンに乗ったら、お前になにか不都合があるのか」

「あたしにはあたしの計画があるわけ。それを邪魔されたくない」

「計画ってなんだ」

「言うわけないじゃん」

「それならどうして俺に情報を漏らしたんだ」

「いちいちうるさい男ね」

朱梨はカクテルグラスに光を反射させて楽しむかのように掲げて見せて、それから唇をつける。再びテーブルに置かれたグラスの縁をさりげなく指で拭った。

「俺は……芽衣を……」

不思議と、大声で話さなくても、豊川のつぶやきは聞こえたようだ。

「あの子がどうしたのよ」

豊川はテーブルの上に身を乗り出し、顔を朱梨に近づけた。

「芽衣が俺のところに寄越された理由を知っているか?」

「知らないわ。私たちはお互いの仕事のことには関与しないの。別々に命を受けていたし、協力することもなかった。聞きたいとも思わなかったわ。普通に他愛のない話をするだけ。でもなんで?」

「やはり、俺が芽衣を巻き込んでしまったのかもしれない」

「なんのことよ」

「浸透計画はなぜ俺を選んだ? 情報本部の人間なら俺以外にほかにもいる」

「いちばんチョロそうだったんじゃないの」

朱梨はおどけて見せるが、豊川の真剣なまなざしに気づいて、大袈裟にため息をついた。

「あんたしか知らない情報を持っていたからでしょ? それがなにかはあたしは知らない」

子供に言い聞かせるかのような口調だった。

「もしそうだとすると、芽衣が死んだのは俺のせいということになる。俺がその情報に触れていなければ芽衣が潜入することもなかったし、殺されることもなかった」

「まぁた、そんなことを言い始めて。自分のせいにして、悲劇のヒーローを気取りたいんだったらそれでもいいけど——」

「心当たりがある」

朱梨が細めた目を向けてくる。

「……なによ」

「俺が書いたあるレポートだ。それが浸透計画に伝わり、それを探るために芽衣が差し向けられた。だが、俺はその重要性について認識していなかった」

「なにを書いたのよ」

「ミャンマーでの日本のＰＰＰについてだ。聞いたことは？」

朱梨は首を左右に振り、モールのような複雑な形状のイヤリングが光を乱射した。

「その調査に関わった関係者が次々に死んでいる」

朱梨は理解が追いつかないのか、小首を傾げていたが、いったん情報を咀嚼すると、思考を一足飛びに繋ぐことができる。

「つまり、あんたが書いたレポートというのが、浸透計画にとってみたらやっかいなものだった。そこで芽衣をつかってあんたのことを調べようとしたが、あんた自身がその重要度を理解していないものだから、しばらくは放置されていた。そしたらバリ島の組織をぶっ潰して、東京テロも防いでしまった。しかも、ここにきてミャンマーの件が明るみに出てしまうかもしれない。そこで関係者の抹殺を図った——ってこと？」

豊川は頷く。

「単なる報復で俺を狙っていたのではない。もっと前から……ミャンマーの調査のときにはじまっていた。だから芽衣を巻き込んでしまったように感じてしまうんだ」

朱梨は、フロアでダンスに興じる男女に目をやった。それは豊川の存在を忘れてしまったのではないかと思えるほどに長かったが、再び目を合わせた時は、いつものいたずらな笑みを湛えていた。

「あたしの邪魔しない？」

「もちろん」

「あたしが手伝うのは、クリスタルホライゾンに乗船させるまで。最初から最後まで完全に別行動よ」

「了解した」

朱梨は立ち上がると、腰を支点に上半身を真っ直ぐに折り曲げ、豊川の耳元でささやいた。

「また連絡する。ふっつーのスーツを用意しておいて」

垂れ下がった髪の毛が鼻先をくすぐった。

朱梨が通り過ぎると皆、後ろ姿を目で追っている。外人が、俺のテーブルに来いよ、とジェスチャーで示すが、そのあしらい方も堂に入っていた。

残念そうな彼らの目が豊川に向けられる。嫉妬と失望と、ひょっとしたら怒りも。

豊川はひとりでクラブを楽しめるような男ではなかった。

そうそうに退散することにした。ひょっとしたら朱梨に追いつけるかと思ったが、表通りに出た時には、その姿は消えていた。

朱梨から連絡があったのは二日後のことだった。

『いまPDFファイルを送っておいたから、コンビニで印刷・署名して、当日持ってきて』

当日というのは、クリスタルホライゾンにカジノ議連と呼ばれている超党派の国会議員団体や関係者を招待するイベントのことで、そこには大阪府知事と大阪市長も含まれている。

午後六時に大阪港を出て、みながカジノとはなんたるかを満喫——研修しているあいだ、瀬戸内を周回し、夜の十時ごろに帰港するというものだった。

豊川はそこに大阪府職員として乗り込むことになっていた。

「関係者に、あいつは誰だ、ってことにならないか」

『大丈夫でしょ。典型的な縦割り機構で、横の繋がりなんてないんだから。そこはうまく乗り切ってよね』

「当日の流れはどうなっている？」

『午後一時までに各自で受付。フェリーターミナル内に特設のエントランスがあるから、そこに書類を提出して。あなたには職員の詰所という名目で客室が用意されているはずだから、鍵を受け取ること。一部を除いてクルーズ客は市内のホテルに宿泊しているから、船内はほぼイベント関係者だけになっているはず』

「了解。お前はどこでなにをしている？」

『基本的には府長と来賓の取り次ぎをしているけど、ちょろっと抜ける』

「なにをするつもりなんだ？」

『それは聞かない約束でしょうが』

「邪魔はしないと約束したが、聞かないとは言っていない」

それでも、あらかじめ言っておいた方が最終的には自分のためになると思い当たったのか、朱梨はやや勿体ぶってから言った。

『新しい人生をはじめるの』

「とは？」

『しつこいわね。嫌われるわよ、そういうの』

「抽象的なことではなく、具体的な策があるということだろ？」

あからさまなため息が聞こえた。

『浸透計画の本部には他とは切り離されたデータセンターがある。ごく一部の幹部しか知らないし、簡単にアクセスできない。そこには誰がどこに潜り込んでいるのか、どこの出身で誰がスカウトし、仕事の評価はどうか。そんなことがすべて記録されている』

「芽衣やお前も？」

『そう。ひとの記憶はやがては消え去るけど、そこに記録がある限り、あたしは自分の人生を生きられない』

そのデータを消そうとしているということか。

「だが、他とは切り離されているんだろ？　そのデータセンターは」

『そうだけど、例外がひとつだけある』

豊川は合点がいった。

「それがクリスタルホライゾン？」

『そう。なにしろあの船は、浸透計画の工作員を各地に送り込む前線基地だからアクセスできるようになっている』

「それで、直接アクセスしてデータを消すために大阪に？」

『そういうこと。やっとめぐってきたチャンスなのよ。それで秘書として潜り込んだ』

そこで念を入れるように言う。

『あたしが、ここまで話す訳をちゃんと理解してる？』

「邪魔されたくないんだろ？」

『そう！　暴れ回って通信アンテナを壊したりとか、端末のコンセントを足に引っ掛けて抜いたりされたくないの』

「状況によってはどうなるかわからないから、俺が乗り込む前にはカタを付けておいてくれ」

『そのつもりよ』

そう吐き捨て、通話は切れた。

すると、それを見計らっていたかのように、ティーチャーから着信があった。

『瑤子さんは大阪警察病院に転院になったみたいね』

警察病院とて安心はできないが、現時点では最良の選択だろう。

『さすがにあそこまでの騒ぎが起こったら、なにもしないわけにはいかないから』

「そうか。ちなみに、警察病院の医師の数は？」

『ちょっと……またよからぬことを考えないでよね』

「ちょっと聞いただけだろうが」

大病院なら医師に化けて潜り込めるのではないかと思った。

『その時はまた考えるから。それまでは動かないで。瑤子さんだって治療に専念してもらわないといけないんだから。で、あなた、いまどこよ』

「梅田のカラオケスナックだ」

『昼間っから呑気ね』

「ちがう。潜伏先だ。仁昌寺に用意してもらった。ヤクザの力を借りるのは癪だったが、背に腹は代えられない」

仁昌寺には、クリスタルホライゾンに潜入するときのためのスーツも準備してもらったが、はじめはラメの入ったダブルのスーツを持ってこられたため、いまは野暮なものを用意してもらっている。

『安全第一よ。大丈夫そう？』

「いまのところ問題なさそうだ」

『わかった。それでカードの件だけど――』

刺客が持っていた黒いカードを解析するため、ティーチャーに指示された通り、カードリーダーを購入し、吸い上げたデータを送信していた。

『どうやら、部屋の鍵みたいね』

「鍵？」

『そう。ホテルなんかでもよくあるでしょ、カードキー。あれと同じものよ』

「ということは、クリスタルホライゾンの？」

『ええ、隠されたエリアに入るためのものでしょう』

豊川はそのカードを改めて見る。

「浸透計画のエリアに入るのって、もっと、複雑なセキュリティなのかと思っていたが。意外と単純なんだな」

『そうね、他の一般スタッフに紛れているから、たとえばある箇所だけ指紋認証や虹彩認証装置があったら、あれはなんだという話になるでしょ。だから、おそらくAＩを使ったカメラによる顔認証なんかと併用していると思う』

なるほど、と呟く。

『では、天満橋駅のコインロッカーに必要なものを置いておいたから、乗船前に受け取っておいてよね。あとで詳細を送っておくから』

「置いておいたって……近くにいるのか？」

『そんな訳ないでしょ。いまはネットで、なんでもできるのよ』

単発の仕事を依頼できるアルバイトの情報サイトがあるという。

「それで、必要なものって？」

『衛星通信アンテナよ。船が携帯電話の通信網の外に出てしまったら連絡できなくなるでしょ』

「それをどうすればいいんだ？」

『人目のつかないところに設置するだけでいい。あとはこちらでやる。部屋の鍵をもらったら、窓際にでも置いて』

「了解」

と言ってから、おやと思う。

「待て。なぜ俺に部屋があると知っている？」

『なぜ？』

「だから、それを聞いている」

『普通、あるでしょ』

「俺はカジノを視察する大阪府の職員に紛れるだけで、それも日帰りだ。部屋が用意されているとは思わない」

『あら……どうしてかしら』

豊川には、以前からたまに勘づいていることがあった。

「お前ら、繋がっているのか」

つまりティーチャーと朱梨だ。

「はっきり言え」

『まあ……ねえ』

珍しく歯切れが悪い。しかし、別に隠すほどのことではないはずだ。

「得体の知れない敵と戦うのに、俺だけ蚊帳の外にいたら勝てる相手にも勝てない」

『いや、そうよね。ごもっとも。……なんだけども』

「なんだけど？　どうした」

ティーチャーは観念したようにため息をついた。

『あのクソ女がクリスタルホライゾンでなにをしようとしているか、聞いてるわよね？』

「ああ、浸透計画のデータベースに残っている自分の情報を消すんだよな……あ、もしかして」

『そう。データベースにアクセスできる環境がクリスタルホライゾンにあったとしても、そこから先に侵入するにはハッキング技術が必要』

「それをティーチャーがやるってことか」

また深いため息をついた。

『ええ……。東京でのテロ未遂のあと、あなたに追手がかかっていることを警告してきたのもあのクソ女だった』

「あのさ、ちょっと待て。なぜクソ女？　情報をくれたんだろ」

『冠詞というか代名詞というか。急に私が〝朱梨様〟とか呼んだら気持ち悪いでしょ』

「別に構わない。目的が違ったとしても、協力できるならそれでいいじゃないか。あ、潜伏場所を大阪にしたのはそのためか」

『ええ、そうね。でも、大阪は確かに都合が良かった。東京から離れ、紛れられるくらいの人口があった。あなたの好きな雑多な西成もね』

「別に、好きなわけじゃない。論理的に考えて一番カモフラージュしやすいと思っただけだ。それで？」

『いや、だから』

なおも言い淀むティーチャーに対し、訝しみは頂点に達するが、はたと気づく。ティーチャーがここまで口をつぐむのは、自身の行動に後ろめたさを感じているからだ。

「取引したのか……内容は？」

ティーチャーは観念したとばかりに、またため息をついた。

『私の状況をどう思う？』

予想外の問いかけに豊川は戸惑う。

「どうって言われても」

『哀れだと思っていない？』

「ちょっと待て、なんの話だ。俺はお前に、そしてお前の父親に救われたと思っている。感謝しているんだ」

『違うわよ、私自身の状況についてよ。自分では動けない。トイレに行くことも、自殺することすらできない』

浸透計画の存在に触れた公安刑事のティーチャーは襲われ、一命を取り留めたものの、脊髄を損傷し首から下は指先しか動かせない。ティーチャーが生きているのは、自身が言うとおり、自殺さえできないからだ、と以前聞かされたことがあった。

いまは浸透計画を潰すことが唯一の〝生きがい〟となっている。精神が屍状態だった豊川が復讐を糧に蘇ったのと同じだ。

『自分で死ねたなら、もう私はとっくにこの世にはいないでしょうね』

「だが、お前が生きていたおかげで、俺は生きられている」

『あなたは大丈夫よ、私と違って』

声の向こうで、自虐的にふっと笑ったのが見えた気がした。

「朱梨は、なにを持ちかけたんだ」

彼女はしたたかだ。自身の目的のためにどんな話をもちかけたのか。その内容によっては許さないだろう——豊川は拳をそっと握りしめた。

『……再生医療よ。脊髄の』

豊川は息を呑んだ。

「治るのか？」

『なにをもって治ると定義するのかにもよるけど、いまよりはマシになる可能性はゼロじゃない』

「いいじゃないか。それなら別に……」

そこまで言って言葉を止めた。

「まさか、中国の医療技術なのか？」

『ええ。上海の張江ハイテクパークに拠点を置く、ドイツとの合弁会社。ここ最近の中国は自由研究を売り文句に外国の企業や研究者の引き抜きを強化している』

「千人計画か」

それは中国が推し進めている国家発展計画で、二〇〇八年に創設された制度だ。技術を一から国内で開発するのではなく、外国の優秀な研究者を中国に招致するものだ。

特に日本は研究者に対する〝金銭的〟な対価が低い。またさまざまな法令が足枷になって、研究を進められないケースもある。

中国は成果が見込まれる研究については国をあげて援助する。金銭だけでなく、法を変えてまで研究が進められるようにする。

時としてそれは大きな失敗をすることもあるが、近年多くの分野で世界の最先端にいるのはその成果だ。

ハイリスク・ハイリターンの政策ともいえるが、研究者にとって潤沢な資金で自由に実験できることは魅力的であり、そのため頭脳流出が続いていると言われている。

「朱梨は、その再生医療の斡旋と引き換えにハッキングを持ちかけたのか」

『そう。中国と闘っているのに、一方でその技術をあてにしている。軽蔑するでしょ』

「別にいいじゃないか」

豊川としてもティーチャーが回復するなら、それにこしたことはないと思った。

「俺が闘っているのは、あくまでも浸透計画だ。有益なものを生み出す研究があるなら利用すればいい」

それは本心だった。憎いのは芽衣を殺した組織であって、その憎しみは他の中国人には及ばない。

もしその医療技術で救われる人が世界にいるのなら、ありがたいと思えばいい。日本では臨床試験に移行することもままならず、研究の加速度で言えば中国に分があるのは確かだろう。

「そんなことを気にしていたのか。やればいいさ。もし治ったら、居酒屋で一杯やろうじゃないか」

そう軽口を叩いてみたが、ティーチャーの言葉は晴れなかった。

『私があなたに打ち明けるのを躊躇していたのは、それだけじゃないの』

言い淀んだあと、ぽつりぽつりと話しはじめた。

『その医療行為そのものは、北京の中国人民解放軍総医院で行われている。研究者を日本に連れてくるわけにはいかないの』

「人民解放軍……」

『ええ、その病院は外国人を拒んでいるわけではないけど、最高度の医療を受けるためにはそれなりの身辺調査が入る。私は浸透計画に触れた人間よ。それを見逃すわけはない』

「そうか、治療を受けるには、浸透計画のデータベースからティーチャー自身の記録も抹消しなければならないということか」

『そうなの』

「それはいいんじゃないか。ハッキングは自分でするんだから」

『だけどね』

ここから次の言葉がでてくるまで、一分以上かかった。

『あなたの情報を消すことはできないの。消したとしても中国の敵として終生追われ続ける』

ようやく、ティーチャーが置かれた状況を理解できた。

『あなたを、普通の生活に戻すことはできない。それは浸透計画に対して大きな影響を及ぼしたからで、それをさせたのは私。それなのに、自分だけを浸透計画のリストから消そうとしていることに、申し訳ないと言うか――』

「ふざけるな」

豊川は遮った。

「自身のメリットのために利用できるものは利用しろ。俺に遠慮して、一緒になって沈むことはない」

『だけど』

「俺はミャンマーの一件から浸透計画に関わっていたようだし、芽衣の仇を討とうとしている。俺の存在を浸透計画の連中にアピールしてヤキモキさせることも、俺の復讐の一環だ。想像したら愉快だろ。だからデータベースから俺を消す必要はない」

あえて軽い口調で言ったが、本心だった。もしティーチャーの症状が改善するなら、それを応援しない理由はない。

『一連の治療が終わったら、自分の情報を元に戻すことも考えているわ』

「バカなこと言うな。いいか、俺たちは神出鬼没なのが強みだ。わざわざ表に出て的になることはない。それに」

『うん?』

「今回の一件、自分のためだけにクリスタルホライゾンに乗り込むつもりだったが、もうひとつ理由ができた。お前を救うため、という理由がな」

また無言の時間が過ぎた。音声は聞こえないが、その先で泣いているのだろうか。

「いいからやるぞ、計画を立ててくれ」


豊川は天満にある造幣局を正面に見ながら桜宮橋で大川を渡ると、川沿いの遊歩道に出た。天満橋駅はここから十五分ほど歩いた対岸にある。

　桜の名所だが、まだ時期は早く、遊歩道を覆う桜の木には蕾すら見えなかった。

夜を迎えて輝き始めた街のネオンが水面に反射して揺れている。そこを屋形船が通り過ぎていった。思わず東京での活動の拠点としていた旧江戸川の弁天丸を思い出す。ティーチャーの父親であり、捜査一課刑事でもあった宮間とビールを飲み交わしたことが蘇った。

あの頃は生きる意義を見失い、荒川の河川敷でただ時間が過ぎるのを待っていた。その先になにが待っているわけでもなかったのに。

それが、宮間が現われて、豊川を沼のような日々から引き上げてくれた。

宮間が生きていれば、この状況をどう対処しただろうか──。

その時だった。左肩をハンマーで殴られたような衝撃が襲った。豊川は体勢を崩して半回転した。しかし、背後には誰もいない。

そして気づくと、袖口から血が滴っていた。肩を撃ち抜かれている。

状況を把握しようとするよりも、まず移動すべきだというのは経験からわかっていて身体が勝手に反応した。真横に飛んで桜の木に寄りかかる。

その幹がパンっと弾けた。

〇・五秒だけ顔を出すつもりで幹から窺うが、まるでそうすることがわかっていたかのように銃弾が耳元を通過した。

ついさきほど渡ってきた桜宮橋の欄干に人影が見えた。そこから銃撃しているのだろう。

左手は痺れていて、肩を動かそうとすると身体のなかに小さな無数の破片が入っているかのような、ジャリジャリとした感覚が襲った。

通知音が鳴り、イヤホンをつける。ティーチャーだ。

『どうした？　なにかあった？』

豊川が持っているスマートフォンにはティーチャーがインストールした緊急事態を検出するアプリがあり、それは急激な加速度変化や、姿勢変化などに反応するようになっている。

「背後から撃たれた。弾は……」

左の鎖骨あたりに貫通痕があった。

「抜けてくれたようだ。おそらく45口径だ。それとサプレッサー付き」

『ということは拳銃？　距離は？』

「百メートル前後だ」

『結構な腕ね。というか、ちょっとずれていたら心臓を撃ち抜かれていたわね。で、状況は』

「身動きが取れない。ここから動いた瞬間に撃たれるだろう。こっちの動きが読まれているかのように正確だ」

『それにしては冷静ね』

めまいが襲った。

「くそう、血が……抜けすぎ……」

『ちょっと大丈夫？　とりあえずそこを動けない？　他に通行人は？』

豊川は目を細めながら周囲を窺う。

「……見えない」

豊川は大きく深呼吸する。

幹に背中をもたせかけながら、立ち上がる。

そのうち身体の自由がきかなくなるのはわかっている。その前に、この危機を脱しなければならない。この出血量なら、せいぜい十分か。

狙撃手は橋の欄干から撃ってきた。次に動くのを待っているのだとしたら、まだその場から動いていないかもしれない。

射線を考慮し、常に並木を挟むように動いて距離をとるしかない。

豊川は走り出した。驚くほどに身体が重かったが、並木の合間を縫うように走る。その背後で幹が弾ける音が追いかけてくる。

狙撃手が、橋を回り込んで遊歩道に降りてきていたら万事休すだったが、敵は目を離した隙に豊川を見失うのを恐れたのだろう。結果的にそれが幸いした。

だが、夜とはいえ、したたる血痕を追跡してこないとは限らない。

遊歩道から住宅街に逃れたところで、避難場所を示す案内看板を見つけ、その地図を見る。近くに小学校があった。

豊川は最短距離で向かうと、小学校を取り囲むフェンスを乗り越え、グラウンドを横切って校舎に接近する。

かつて小学校は宿直室があって当番の教師が寝泊まりしたものだが、いまは、夜間警備を警備会社に委託している。

ここにも警備会社のステッカーが貼ってあった。

「ティーチャー、天満小学校のセキュリティを切れるか」

『ちょっと待って——いまどこにいる？』

「通用門だ」

『……オッケイ！　保健室は廊下を右に進んだところよ』

ティーチャーは小学校に来た理由をすぐに理解したようだった。

豊川は言われた通りに進み、保健室に入り込むと、薬品棚から、消毒液やガーゼを取り出す。手元が狂ってさまざまなものを落下させた。

シャツを脱ぎ、洗面台の鏡で状況を確認する。

照明を点けられないのでよくは見えなかったが、危機的な状況ではなさそうだった。

「とりあえず、応急処置はできそうだ」

傷口を洗浄、消毒し、ガーゼを当てる。出血は続いてはいるが、その勢いは呼吸が整うのに合わせて弱くなっている。

『そこで休んでて、って言いたいところだけど、長居をするとセキュリティが切られていることを警備会社が不審に思うかもしれない』

申し訳なさそうに言うが、その通りだった。

「了解、すぐに出る」

その時だった。薄手のカーテンに人影がゆらりと映り、豊川はベッドの下に潜り込んだ。

やはり追跡してきたのだろう。

坊主頭の男が、カーテンの隙間から保健室の中を窺ってきた。

逆光なのではっきりと顔は見えなかったが、陰影のついた細く尖った顎と、こけた頬が印象的だった。

男はしばらくその場から中を窺っていたが、なにかの気配に気付いたのか背後を気にするように振りかえった。

その時、ほんの一瞬だが顔全体が見えて、豊川は心臓を鷲摑みにされるような衝撃を受けた。さらに吐き気をもよおしたが、必死に耐えた。

そうか……動きを読まれていたのも納得だ。

やがて男はまたふらりと消えた。

『大丈夫だった？』

状況を反映したかのような、低く抑えられた声だった。

「ああ、追手は去った」

『その割には具合が悪そうだけど？』

豊川は、潜んでいるベッドの下で仰向けになり、目を閉じた。

「ここ最近の襲撃だが、常に先を読まれているような気がした」

『例の、あなたを追跡するスペシャリスト……』

「そうだ、その正体がわかって納得した」

『え、誰なの？』

豊川は目を開け、ベッドの下から抜け出ると、廊下を窺った。さっきまで朦朧としていた意識は、いまははっきりとしていた。

スペシャリストの正体がわかって、身体が勝手に臨戦体勢をとっているかのようだった。

「知り合いだったよ」

『まさか、元デルタフォースのＣＩＡ？』

「違う」

豊川は椅子の背もたれにかけられていた紺色のジャケットを羽織ると、通用門から外に出た。

「楠《くすのき》だ」

ティーチャーは、誰だったかと考えているようだった。

「かつてデルタフォースと模擬戦闘をした時、俺は優秀な部下一名と背後から敵の本拠地に潜入した」

『それが……楠。特殊作戦群時代の仲間が……？』

暗闇に浮かんだその顔がフラッシュバックする。

「ああ。奴なら、俺の戦闘能力の全てを知っていても不思議じゃない」

塀を乗り越えると、天満橋を渡り、地下鉄駅の階段へ向かう。

『優秀なの？　そいつ』

「ああ。超優秀だ。単純な戦闘能力なら俺を凌いでいる。そんなやつを差し置いて俺が隊長になれたのは、ゴマスリが得意だったからだ」

『こんな時に、よくもまあ』

「実際、あいつは社交性がなかったからな。他の隊員からも信頼されていなかった」

ため息が聞こえた。

『勝てるの？』

「どうだろうな。ちょっと待て」

ようやく、ティーチャーが装備を預け入れたコインロッカーの前に来た。暗証番号を入力し、中の荷物を取り出す。ダッフルバッグが入っていた。

「この身体でこの荷物は辛いな」

『後日でいいのよ』

「なにしろ行動を読まれている。ここにも見張りを置かれているかもしれないから回収しておく。よし、駅を出る。とりあえず、怪我をなんとかしないと。応急処置だけだからな。そのうち体が動かなくなる」

『でもどこに行くの？　安全な場所はあるの？』

心当たりはひとつだけあった。


徒歩でふたたび西成に戻ってきたのは深夜だった。出血がひどくならないようにゆっくり移動したこともあって、二時間以上かかった。

またここに来ることになるとは。

かつての仲間にばったり会ってしまわないように路地を慎重に進む。

いまは無人の天下茶屋駅の向かいにある雑居ビル。黒ひげの診療所兼住居のドアをノックした。

いつも訳あり患者を診ているからか、深夜にかかわらず、ドアチェーンの隙間からすぐに顔を覗かせた。

「おお、どないしたんや」

そこまで聞いて、顔をしかめる。

豊川としては普通にしているつもりだったが、すぐに異変に気付いたようだ。

一旦ドアが閉まり、チェーンが外れてドアが押し開かれた。

「はよ入れ」

周囲を見渡しながら、豊川を迎え入れた。

「それを脱いで、そこに座り」

豊川は、示されるままに治療室の丸椅子に座ったが、安心したのか、急に視界がぼやけ、転げ落ちそうになる。それを黒ひげが受け止めた。

「ほんなら、ここに突っ伏せ」

そう言って、普段は事務机として使っているパイプテーブルを引き寄せ、上に載っていた書類やらを払い落とし、クッションを置いた。

豊川はそのクッションに顔を埋め、両腕はだらりと下げた。

「破るぞ」

黒ひげは一方的に宣言すると、はさみでシャツを切った。そしてライトを引き寄せて、肩を照らす。すぐに銃創であることに気づいたが、なにも言わなかった。

「これ、痛いか」

半ば意識を失っていた豊川だったが、その激痛にうめいた。

「てことは、肩甲骨の一部が裂けてるいうことやな。弾は――」

今度は身体を引き起こして鎖骨のあたりを覗き込んだ。

「綺麗に抜けとるな。動脈も傷ついてへん。ラッキーやったな」

そう言って引き出しを開けると、何かを傷口に突っ込んだ。豊川はまたうめく。

見ると、銃弾が飛び出した傷口から糸のようなものが出ている。

「タンポンだ。初めて見たんか?」

豊川には聞き返す余力がなかった。

「生理用品だが、問題は、なんのために作られたのかではのうて、なにに使えるかや。止血ガーゼが高くて買えへんような、この貧乏診療所ではとくに重要なことやで。ま、タンポンも、止血するという意味では目的は同じじゃ」

その人をくったような声が、洞窟の中で響くように脳内で反響し、豊川は意識を失った。

再び覚醒するまでにどれくらいの時間が経ったのか、豊川にはわからなかった。

ただ、何度も楠が幻となって現れた。

戦闘能力という意味では本当に優秀な男だった。しかしチームワークに難があり、デルタフォースとの模擬戦闘で楠と潜入したのは、そのほうが結果としてチームを一番機能させるという判断に基づくものだった。

手を焼いていたというのが、正直なところかもしれない。

トップでありたいという強い願望を常に抱いていて、それ自体はいいのだが、他者を見下したり、自分より強い者に対しては徹底的にそのやりかたを否定したりした。

豊川に対しても、ライバル心を超えた、憎しみに近い感情を抱いていたのではないかと思う。

楠が除隊したと聞いたのは、豊川が情報本部に異動してしばらく経ってからだった。伝え聞いたところによると、豊川の後任として部隊を任されなかったことに憤慨したらしかった。

あの楠が、豊川を追うスペシャリストだったとは。一体どういう経緯で浸透計画に雇われたのか。豊川を潰すためのスペシャリストとして雇われたのか、まったくわからない。だが愛国心など微塵もない奴だったから中国側についても違和感はない。

厳しい戦いになることは、明らかだった。

やがて、ぼんやりとしていた視界が徐々に像を結んでいき、天井のシミが見覚えのあるものだとわかってきた。

まるで鉛の布団がかけられているかのように、身体は重かった。いま襲われたらひとたまりもないだろう。

ふと隣に誰かがいるのに気づいた。見るとシローがベッドの横に座っていた。

「おお、目が覚めたかいな」

『どうして……ここに』

口の中の水分が蒸発してしまったかのように、喉が張り付いて自分の声とは思えなかった。

「ほら、俺も怪我してるからさ、診察に来たんや。そしたら黒ひげに、ちょっと留守番しとけ言われてな」

「黒ひげは?」

「買い物や。そのうち帰ってくるやろ」

豊川は身体を起こそうとするが、めまいがして諦めた。

「あかんあかん。怪我の治療はできたけど、ここでは輸血がでけへん。血は自力で作ってもらうしかないから、大人しくしとけ、って黒ひげが言うてたで」

シローは再び横になった豊川の口元にコップを近づけ、水を飲ませた。

「こんなかたちになるとは思うてなかったけど、またスーさんと会えて嬉しいで。あんときはもう、最後やろな思うたからな」

三角公園での出来事が思い出された。三日前のことだが、遠い過去だったように感じられた。

水を飲ませてもらったことに礼を言う。

「いま、何時ですか」

「十時くらいやな」

「久しぶりに、ゆっくり寝ました」

「寝てたというか、死んでんのかと思うたで」

シローは笑う。

「あのあと、迷惑かかりませんでしたか。取り調べとか」

「あー、まあ、ここの住人は大丈夫や。スーさんのことは話してへん。ただ、三角公園がいまだに閉鎖されとるのが頭にくるけどな」

黄色いテープで封鎖され、立ち入りできないようだった。

「あー、あのな」

シローは、イタズラがバレた子供のように俯いてから、躊躇いがちに言った。

「瑶子……目を覚ましたで」

「そうですか。よかった……」

「それで、ちょっとだけやったけど、話をすることもできてん。あいつ……」

目頭を痛めた手で押さえた。

「ということは、親子であることを伝えたんですか」

こくりと頷いた。

「そういえば、いつ娘だと気付いたのか、教えてくれるってことでしたよね」

「ああ、そうやったな。正直、俺もしばらくわからんかった。名前の漢字までは知らんかったし。いろいろ話すようになって、親が離婚して、母親が亡くなっていること。生まれや暮らした街なんかを聞いてな、そうなんかなって。そしたら誕生日まで一緒やったからさ。そりゃまいったよ。こんな偶然あるんかって」

シローは大きくため息をついた。

「でも、偶然やなかったんや」

「え？　どういうことです」

「あいつ、俺のことを先に知ってて、それでボランティアに参加したらしい。ちょっと距離をとって見守ろうと思っとったらしいねん」

「そうだったんですか」

「ほんま、情けない話や」

「これからどうするんです」

ここでシローは厳しい目で豊川を見た。

「それで、あんたに謝らんといけんことがある」

丸椅子を引き寄せた。

「あいつがあんたにしたことや。全部聞いて、後悔しとった。謝りたいって」

「それは、ジャケットのことですか」

「そうや。あいつ……やっぱり苦労してたてん。母子家庭で、しかも母親は病気がちで、借金もそれなりに抱えとったんや。もちろん、もとはといえば俺の責任なんやが……。それで、最近ある男が近づいてきたらしいんや。あんたに発信機を取り付けたジャケットを渡せて」

「それは、誰なんですか」

「はじめて会うたらしい。でもヤクザもんやろうって。こう、首のところにな、鯉の刺青が見えてたって」

やはり橋本だ。

仁昌寺の話によると、中国からの仕事であることを悟った常襲会組長が豊川の情報を渡そうとしなかったことで、橋本は依頼主から責め立てられていたようだ。常襲会に業を煮やした橋本は、瑤子に接近し、豊川が選んだジャケットにGPS発信機を付けるよう迫ったのだろう。

瑤子は、豊川のことを聞きに来た橋本を、探偵くらいにしか思っていなかったのかもしれない。また母子家庭で苦労してきたようで、つくってしまった借金を返済するために、深く考えずに話にのってしまったのだろう。

「ほんま、堪忍や」

シローは頭を下げた。

「あいつ、そこまで大ごととは思わんかったらしいねん。それに、借金取りにな、風俗に売り飛ばされそうなくらい追い詰められとってん」

炊き出しでの笑顔を思い出したが、その裏では苦労を重ねていたのだろう。

「気にしないでください。追われる原因を作ったのは自分なので」

そこでドアが開いた。黒ひげだった。

「おお、生きてたか」

「なんとか。ありがとうございます」

「シローから聞いたかもやが、いまは圧倒的に血が足らん。病院に行って輸血するつもりがないなら、しばらく大人しくしてろ」

黒ひげは豊川の身体を横倒しにして背中の様子を見る。

「傷は大丈夫そうや。それと肩甲骨が割れとったが、小さな破片は取り除いておいた。残しておいても、くっつくまでに時間がかかるし、肩を動かすだけで痛みが走るやろうからな。どうせそんなに待てんのやろ？」

ベッドの横に置いてあった袖机から、コンビニのロゴが入ったビニール袋を取り出して胸の上に置いた。

中には拳銃や警察手帳が入っていて、シローはぎょっとする。

「ほんま、あんたは何者なんや」

「おれは治療費を払ってくれさえすれば、何者でも構わんで」

豊川は、なんとか上半身を起こした。途中からシローと黒ひげが介助してくれた。

「お礼は必ず。それで、来週にはなんとかなりますか」

「ほんませっかちなやつやな。ええから、まずは血をつくれ。とりあえず肉とマグロや。動けるようになったら、ガード下の鉄板焼きホルモンに連れて行ってやる」

どうやら、止めるつもりもないようだった。

「ホルモン、俺も行きたい」

シローがぽつりと言った。


クリスタルホライゾンの入港が明日に迫っていた。

寄港地の釜山《プサン》で、悪天候のため出航が一日遅れたのが、豊川には幸いした。まだ本調子には程遠いものの動き回れるようにはなっていて、いまは仁昌寺に手配してもらったカラオケスナックに戻っていた。

三角公園での事件捜査で、周辺の聞き込みが厳しくなっており、あのまま居座っては黒ひげのところに迷惑がかかると思ったからだ。

撃たれた左肩は相変わらず自由にならず、力が入れづらい。それでも可動域を狭める、不快な痛みの元だった肩甲骨の破片が、黒ひげの治療によって取り除かれたのは助かった。

しかし、戦う相手は楠だ。豊川の手の内は全て知っているだろうし、いざ対峙したときに自分は勝てるだろうか……。

カウンターテーブルの高いスツールに座ると、Ｐｘ４を分解し、部品をひとつひとつ並べた。異常はないか確認し、オイルを差しながら組み立てていく。

そこにスマートフォンから通知音が鳴った。ティーチャーだった。

『どう、やれる？』

「身体はぼちぼちだ」

『心配ね。無理しなくていいのよ。こっちから攻めなくても機会は別にあるから』

「いまあいつを潰さなければ、次の機会が来るまでに、俺が潰されているかもしれない」

『わかった。でも臨機応変にね。勇気ある撤退も、時には必要よ』

「ああ。了解した」

『なにか必要なものはない？』

豊川は店のなかを見渡した。

「いや、ない。大丈夫だ」

Ｐｘ４の特徴的な回転式バレルをポリマー製のフレームに納める。スライドをはめ、オイルを浸透させるように何度も往復させた。それからウイスキーの空ビンに狙いをつけて、引き金を引く。

パチン、と歯切れの良い音がした。

弾倉をセットし、安全装置をかける。

体調的には不安だらけのはずなのに、どういうわけか高揚していて、いますぐにでも大阪港に向かいたくなるほどだった。

そして体が震える。

「武者震いだ」

聞かれてもいないのに、ティーチャーにそう言った。

ティーチャーもわかっているのだろう。特になにも言わなかった。

「ところで、ミャンマーの件はなにかわかったのか？」

『ええ。気になって調べていたことはあるの。それについてあなたの考えも聞きたい』

「それは？」

『まずミャンマーと日本は、昔から、なにかと繋がりがあるということよ。歴史的にも』

それは聞いたことがあった。

「太平洋戦争期から続くんだろ？」

『ええ。かつてはイギリス領だったミャンマー、当時はビルマだけど、旧日本軍は西方への進出を狙い、指導者的立場にいた者たちを日本に呼び寄せ、独立のための軍事的な指導をした』

「Thirty Comrades——『三十人の志士』か」

そのなかには『ビルマ建国の父』といまでも国民に敬愛されているアウン・サン将軍もいた。面田紋次《おもたもんじ》という日本名を与えられ、イギリスからの独立を果たしたものの、新たな支配者となった日本に対して反旗を翻し、真の独立を目指すも右翼政治家に暗殺された。

同じく三十人の志士だったネ・ウィン、日本名・高杉晋《たかすぎしん》は独立後に軍政を敷くが、アウン・サン将軍の長女で、ノーベル平和賞を受賞したアウン・サン・スーチー氏とは民主化をめぐって対立するという数奇な歴史を辿る。

『これまでODAの支出額が国別で日本は最多、一時期は八割近くを占めていたこともあった。ここ数年でも四割程度。さらに日本では何度も政権が変わったけど、党派を超えてミャンマー支援の気運は維持されている。ビルメロ――ビルマにメロメロという言葉があるくらい』

「だが、クーデターで政権を転覆させた軍部には世界的な批判が起こり、日本が世論に押されてODAを縮小すると決定したのには、そういった背景があったはずだ」

援助が軍政に利していると批判されたのだ。

『その通りね。ODAについてはミャンマー国民からも使い道を非難されているくらいだから。そして二〇二一年に起きたクーデターでは中国が裏で糸を引いていたのではないかとの噂もあって、中国製品の不買運動にもつながっているわね』

「実際、ミャンマー国軍の装備は中国から入ってきているからな」

『そう。で、あなたのレポートに戻るけど、そこに気になる一文が書いてあるんだけど記憶にある？』

「俺のレポートに？　なんだそれは」

一体なにを書いたのか……。

『シッタン民族同盟――ＳＫＵについて』

「ああ、調査団と揉めた例の武装組織だな」

『そう。このシッタンというのは川の名前から来ているけど、現地のモン州よりはかなり北に位置していて、テナスナートとの地理的な繋がりはあまりない。むしろ隣接するカイン州のタアン民族解放軍の方が近い』

ミャンマーの南端はタイと国境を接しながら縦に割ったようにマレー半島に伸びており、モン州とカイン州でさらに細長く二分している。

その地形を思い浮かべていて、記憶が蘇ってきた。

「そうだ。むしろ、かつての首都であるヤンゴンへ圧力をかけていたのがＳＫＵだった。それがなぜわざわざ四百～五百キロも南下して日本の調査団と騒ぎを起こしたのかが気になった」

『そう。あなたはそう指摘している。少数民族武装組織は国内にいくつもあるけど、それはあくまでも国軍から自分の民族の主権を守ろうとするもので、テロ組織とは違う。それがどうして他の民族地域にまで赴いたのか……。あなたは外部からのなんらかの干渉があったのではないかとレポートで示唆している』

豊川は立ち上がり、安っぽいステンドグラス調のフィルムが貼られた窓から外を眺めた。

「当時は外国勢の流入に反対する現地民がＳＫＵに援助を求めたという可能性も考えたが、情報を集めていくとかならずしも現地民の感情はＰＰＰを拒否するものばかりとは言えなかった。計画初期に一種の拒否反応はあったが、それはどこでも同じだ。しかし、やがて計画が雇用を生むことを理解し、歓迎ムードすらあった。だからＳＫＵがあの地に現れたのは、裏で糸をひいた者がいるのではないかと推測した」

当時は浸透計画のことを知らなかったが、いまだったら、両者は簡単に結びつけられる。

『それは、現地に赴いた調査団も同じだった。好感度は高かったから、計画を続行したいと。そしてエネルギー業界団体などが日本政府に対して調査施設の建設や、インフラの整備等を申し入れていた。しかし政府はまったく取り合わなかった』

もちろん、世界の世論もあるが、ミャンマーに対して多くの援助をしてきた日本政府の動きに矛盾があるように感じた。

ここで、ずっと感じていた違和感がかたちになりはじめる。

「中国の港を作るために、浸透計画がＳＫＵに働きかけて、日本の調査団を追い出してＰＰＰを潰したというのなら一番わかりやすいが……ＳＫＵは少数民族武装集団だ。国軍に与する中国には拒否反応を持っている……」

『そう、本来の存在意義を失うことは国軍に降ることになるし、他の組織が許さないでしょう』

もし、日本が水面下で中国の借款を許していて、PPP中止は日本が中国に配慮したのだとしたら……。

「PPPの進出を拒んだのは、中国ではない……日本政府……なのか」

『正確には、浸透計画の意を汲んだ政治家か外交官がいるということ』

豊川は、考えを整理しながら慎重に言う。

「すでに、日本の東南アジア外交は浸透計画に乗っ取られている……？」

『ミャンマーは、民主活動家を処刑して国際社会から非難されているけど、中国はそれを擁護する動きを見せている。アンダマン海の海底資源、ベンガル湾からインド洋にかけての覇権をとりたいから』

「そうか……中国は西海と国境を接していない。その間にある国がミャンマーで、海洋進出の足がかりにしたかった」

『あり得ると思う？』

辻褄はあうが、そうだとすると別に気になることもある。

「しかしだ。調査団の関係者が最近になって次々に死んでいるのはどういうことだ」

『ミャンマーの海底資源は日本企業にとって、いまだに魅力的。なぜ開発に参入しないのか。民間企業が再調査をはじめると当時の不可解な動きに疑問を持ち始めたの』

当時の調査結果を振り返っても地元、そして軍事政権も感触は悪くなかったのだろう。そのため再調査したチームは、せっかく発見した宝をどうして見逃したのか疑問を持った。

『そして情報開示請求を行った。そのなかにはあなたのレポートもあった。調査団の関係者六人が不審死をとげているのは、過去の不都合を掘り起こされないため。そこには浸透計画が深く関わっている』

「そして……ただの情報開示請求でそこまでするというのは」

『ええ、浸透計画の占領はいよいよ本格化してきている。なにかを合図に、占領は一気に始まる……。その大事な時に少しでもリスクを排除しようとしている。全貌を知っているあなたは、その最大の〝リスク〟なの』


くすんだベルベット生地のソファーを並べ、ベッド代わりにして一夜を過ごした。冷たい雨が降る夜だったが、明け方には止んでいた。

さまざまなことが頭の中を駆け巡って、なかなか寝つけなかったが、雨が止んだことに気づかなかったということは、二時間は寝られたのだろう。

豊川はカウンターの中にいて、それを挟んで反対側に、朱梨が座っていた。

「なんかバーテンみたいね。なにか出してくれるの？」

朝の六時ちょうどに朱梨から連絡があり、話があるということでこの場所を教えた。そして八時になったころ、彼女は姿を現した。黒のジャケットにシルクのボウタイブラウス、細身のパンツスタイルで、ウエストと脚の細さが強調されていた。

朱梨は芽衣と瓜二つだが、芽衣はどちらかというと、ゆるいスタイルの服を好んでいたので、雰囲気はかなり異なる。

「はい、そこ。見とれない」

「見とれてはいない。うまく潜り込んだものだなと思っていただけだ」

府長の秘書としては派手な気もしたが、ＩＲ担当ということを考えると、馴染んでいるようにも思えた。

豊川は缶コーヒーを差し出した。

「それで、話とはなんだ」

朱梨はスワロフスキーがくっついたネイルを気にしてプルトップが開けられないのか、豊川に缶コーヒーを無言でつっかえしてきた。豊川はフタを開けてやり、また押し戻す。

「クリスタルホライゾンは、いまごろ着岸作業中ね」

サブマシンガンを乱射するとは思えないほどの華奢な手首を返し、緩く巻きつけた腕時計に目をやった。

「今日から二日間、乗客全員が一時下船し、大阪市内の高級ホテルに滞在する予定。スタッフも整備など最低限の人員だけで、ＩＲ関係者以外は、休暇が与えられているそうよ」

「俺は昼ごろに行けばいいんだよな」

「ええ。詳細はメールしておく。それでスーツは？」

豊川の目線の先に、グレーの安物のスーツが掛けてある。

「まあ、やぼったい――完璧ね。役人ぽいわ」

シンクの蛇口をひねり、顔を洗う。湯が出ないので、痺れるような冷たさだった。だが、顔を拭こうと背後のタオルに左手を伸ばそうとして顔を歪めた。腕がまったく上がらなかった。

「ちょっと、大丈夫？」

「ああ、心配いらない」

「心配でしかないわよ。そんな腕でスーツを着られるの？」

「そんなもの、なんとかなる」

「そんなこと言ってもネクタイ結べないでしょ、まったく。ほら、来て」

朱梨はスーツが掛けられている店の隅に豊川を呼んだ。

「それ、脱げる？」

スウェットを着ていたが、やはり左手が思うように動かせなかった。途中から朱梨が裾をたくしあげ、剝ぎ取るように脱がせた。

包帯の上からサポーターでがっちりと固定された左肩を見て、朱梨は表情を曇らせた。

「だから大丈夫だ。それよりなにか話があったんだろう」

朱梨はカウンターの中に入ると、タオルを水で湿らせ、それから豊川の身体を拭き始めた。

「自分でやれる――」

「セクター7」

遮られ、朱梨に身体を拭かせるに任せた。

「なんのことかわかったのか」

「たぶん。ミャンマーの件、理解したでしょ?」

「俺なりにな」

「ミャンマーは――」

朱梨はアイロンのかかったシャツを広げると、袖を通すように促す。豊川はそれに従った。左腕はほぼ上がらなかったので、シャツのほうを動かした。

「セクター6《シックス》よ」

「え? どういうことだ」

朱梨は正面に立つと、細い指をピアニストのように滑らかに動かして、シャツのボタンを閉めていく。それから軽く曲げた人差し指で、豊川の顎を持ち上げた。

首に両手を絡められ、豊川は思わず緊張したが、ネクタイを回していた指は胸の前で長さを揃えた。

慣れた手つきでネクタイを結んでいく。

朱梨は工作員だった。男心を摑むための所作は叩き込まれているのかもしれない。

指を動かしながら、まるで妻が夫に対して、昨日の出来事や週末の楽しみを語るような口調で言った。

「中国には自治州と呼ばれるエリアがある。内モンゴル、チベット、新疆ウイグル、広西チワン族、寧夏回族。その数は五つよ」

「まさか、ミャンマーは……」

視線を下げると、朱梨の顔が目の前にあり、思わずたじろいだ。

「セクター6は、浸透計画のプロジェクトコード。ミャンマーを六つ目の自治区として扱うという意味よ」

「海洋資源の確保と、インド洋進出を目論んでいるとは考えていたが……」

「単なる国家間の協力関係にあるだけでは迅速で自由な行動がとれない。ミャンマーは軍事政権で二枚舌外交も得意。かつて、イギリスから独立を果たした直後に日本に反旗を翻したように、中国から奪えるものを奪って協定を反故にするかもしれない。だからミャンマーを内側から乗っ取って実質的な自治区にするということよ」

まさに、浸透計画が目指しているものだ。

ネクタイの結び目が、胸元からするりと移動して喉元に収まった。

「そして、セクター7」

「つまり、七つ目の自治区……」

「そう。それが日本のどこかになる」

「どこだ、それは」

「わからない。でも、一連の動きを見ていると、なんとなく思うの。それは大阪じゃないかって」

ここ、大阪が……。豊川はどう反応していいかわからなかった。

「そんなことが可能なのか。大阪府長も大阪市長も、改革に熱心な救民党だが、大阪府民ファーストの考え方で圧倒的な支持を得ている。中国の入り込む余地はなさそうだが」

「いい？　浸透計画というのは、組織を乗っ取るだけじゃなく、意識に浸透するという意味もある。ひとびとの価値観や意識を変えたら、誰もおかしいとは思わない。実は中国にコントロールされているなんて、誰も気づかない」

「マインドコントロールか」

「そうとも言える。ま、西成のおっちゃんたちは独自の価値観を持っているから、引っかからないかもだけどね」

朱梨はジャケットを持って豊川の背後に回る。袖に両腕を通して羽織らせると、ふたたび前に回り込んで、また首の後ろに手を回す。上襟から降りてきた指は、下襟のかたちを整えながら、最後に軽く下に引っ張った。

だが、その手は豊川の胸のあたりに留まった。まるで鼓動を感じようとするかのようだった。

その自らの手の甲に、額を乗せた。

甘い香水の匂いが、豊川の鼻腔をくすぐった。

どうすべきかわからないまま、一分が過ぎた。そして、魔法が解けたように朱梨は体を離すと、最後にもう一度ネクタイの形を整えた。

「ぜったいなにかとんでもないことをこの大阪で企んでいる。浸透計画がこのクリスタルホライゾンを使って思い切った行動に出てくるような気がしてならない。気をつけて。たぶん、命懸けでくるわよ」

「わかった。お前もな」

朱梨は口角を上げながら頷くと、顔を覆っていた髪をかき上げた。それから自身のコートとバッグを手に取ってドアノブに手をかけた。

「じゃあ、またあとで。それと、下は自分でやってよね」

上半身はスーツをきちっと着こなしていたが、ジーンズはそのままだったことに気づく。

「なんなら、手伝ってあげようか?」

悪戯な笑みを浮かべて見せると、返事を待たずに、朝の雨上がりの冷たい空気の中に出て行った。

第三章　セクター7

天保山《てんぽうざん》ハーバービレッジは大阪港のすぐそばにある、世界最大級の水族館である海遊館を有するレジャー施設で、休日ということもあって多くの人出で賑わっていた。ここ最近では珍しく暖かい日で、陽光を受ける観覧車が冬空に白く輝いていた。

天保山公園のそばに接岸するクリスタルホライゾンは白い壁のようで、周辺施設よりも巨大に見えた。

全長二百五十メートル、高さは十階建てのマンションくらいあるだろうか。細く尖った船首から延びる船体の上にはプールやウォータースライダーまで設置されており、どちらがレジャー施設かわからないほどだった。

乗船ターミナルの受付に書類を提出し、引き換えに自分の偽名が記入されたネームプレートをもらい、首にかける。

ほぼ全ての乗客がすでに下船しており、ＶＩＰやカジノ議連らの乗船にはまだ早い。そのためか、いまは食料などの積み込み作業などが行われており、華やかな空気はなかった。

しかし船内に入ると、その雰囲気は一変する。リゾートホテルがそのまま海上にあるかのようで、エントランスは広い吹き抜けになっており、横には大きく螺旋を描く階段があった。

クリスタルホライゾンの概要についてはひととおり頭に入れていたつもりだったが、実物は想像を超えていた。

船内には六つのレストランをはじめ、演芸劇場や映画館、スポーツジムや各種アクティビティを体験できる施設があり、五千人近くの乗客乗員が暮らせる、まさにひとつの街だった。

これも高級ホテルを思わせるフロントで名乗り、部屋のカードを受け取ると、ショッピングモールのようなエスカレーターで二フロア下に移動した。

部屋はダブルベッドが配置され、窓のある客室だった。

豊川は、さっそくティーチャーから受け取っていた通信装置を取り出すと、テーブルを窓に寄せ、アンテナを置く。

「ティーチャー、聞こえるか。中に入った」

『聞こえる。そしたら部屋にLANポートがあるはずだから探して』

壁を見てまわると、ベッドのサイドテーブルの裏側に見つけた。

「あった」

『そしたら、通信装置の本体と接続して』

ケーブルで繋ぐと、装置の前面にあるLEDライトが明滅をはじめた。

『こちらでも接続を確認した。これから船内のシステムをサーチする』

「浸透計画がいるエリアもわかるのか?」

『いいえ、奴らは一般のネットワークとは隔離しているはず。ここからは辿れないわ』

「じゃあどうするんだ」

『船のネットワークを全て捜索して、〝辿れない場所〟を探すの』

「なるほど。場所がわかれば、俺がそこにいけばいいんだな」

『そう。そして、その〝隔離された場所〟内のネットワークにもう一台の通信装置を接続してほしい』

「そうすれば浸透計画本体のデータベースにアクセスできるというわけか」

『ええ、そうね』

どこか後ろめたそうだった。

「楠はこの船のどこかにいるのか?」

質問してみたものの、答えは明らかだった。

「たぶん、俺を待っているんだろうな。なにしろ、俺の行動が読めるからな」

『ええ……。だから、隔離された場所への侵入も一筋縄ではいかないかもしれない。ほとんどの乗客は下船して大阪観光を楽しんでいるけど、工作員たちは残ってあなたを待ち構えているかもしれない』

おそらく、そうだろう。

『繋がったわ。これからの通話は衛星通信を使用するから』

「了解」

豊川は電話を切ると、用意されていた通信機を胸ポケットに収め、ワイヤレスイヤホンを装着する。

「切り替えた」

『オッケー、感度良好。これから船内システムの解析に入る。なにかわかったら連絡するから、バーにでも行っていればいいんじゃない』

「ああ、しばらく休んだら船内を回ってみる」

左肩をゆっくりと回してみる。薬の効果で痛みはなかったが、自分の身体の一部ではないような鈍い違和感があった。

ベッドに身体を横たえ、身体を半回転させてから腰のPx4を抜き取り、手で軽く握ったまま胸の上に置く。

これからはじまる闘いに備えてしばらく目を閉じてみたが、どうにも落ち着かず、半身を起こした。ヘッドボードに枕を立てかけ、身体を預けると、テレビのリモコンを手繰り寄せた。

テレビを点けると、メニューから施設案内を選び、その豪華な施設が紹介される様子を眺めた。

先ほど受付をしたロビーはアトリウムと呼ばれ、三層の吹き抜けになっていた。天井が半透明なため、昼間は自然光が照らし、夜はイルミネーションで彩られる。

ファビュラスシアターは二層吹き抜けの多目的演芸場で、日中はクイズ大会などのイベント、夜は本格的なライブショーが行われているようだ。

最上階のデッキには、ウォータースライダーを備えたプールの他、パターゴルフ場、バスケットコート、外周を利用したランニングコースまであった。

日本を発着するプランの場合は、箱根大涌谷の湯を汲み入れており温泉を船内でも楽しめるという。

海上にいることを忘れてしまいそうになるほどの豪華さで、画面に映るひとたちも皆、人生の成功者のような笑みを浮かべながら、ひとときを謳歌していた。

豊川は部屋を出ると、いま見た船内施設を見て回った。

乗客にとっては夢の世界でも、豊川にとってみれば、ここは戦場なのだ。

それぞれの位置関係、通路の広さ、通用口や非常口、セキュリティの種類、スタッフの配置――あらゆる情報を頭に叩き込んでいった。

一時間ほど歩き回り、アトリウム横のカフェに入った。

多くの客は市内のホテルで二泊することになっていたが、船内で過ごしたいという客のためにレストランなどの施設は規模を縮小しながらも営業を続けていた。

カウンターに座り、カプチーノを注文する。

天然木をふんだんに使ったつくりで、カフェ巡りが好きだった芽衣が喜びそうだなと思った。

店内には客はひとりしかおらず、船内を行き交う人も少ないため、束の間の静かな時間を過ごした。

このあと、府長をはじめとするVIPたちが乗り込んできて、また賑やかになるのだろう。

上唇についたカプチーノの泡を手の甲で拭い、出ようかと思ったときだった。

カウンターの端に座る男がこちらを見ているのが、視界の隅に映った。目立たないように心がけたつもりだったが、注目をされるようなことをしただろうか。

それとも、すでに顔を知られている相手かもしれない。浸透計画……CIA……。

豊川はカプチーノをあおるふりをしてその男に視線をやった。目が合った。男は驚きの表情で、口は半開きになっていた。

しかし、豊川も同じだった。

ゆっくりと席をたち、外に出る。男も後に続いた。

それでも声をかけるわけでもなく、一定の距離を保ったままなのは、豊川のおかれた状況を理解しているのだろうと思った。

ショッピングエリアに背中合わせに置かれたベンチがあり、ふたりは互い違いに腰を下ろした。豊川は洋服店を、男は宝石店を向いている。

男が口を開いた。

「たぶん、質問は同じだろうな」

豊川は頷く。

「そうですね。どうしてここに？　曽根刑事」

はじめは捜査かと思ったが、警視庁刑事の曽根は、大阪は管轄外のはずだ。

「ふつうに、旅行だ。これまでかみさんと旅行なんてした記憶がないくらいだからな、たまにはと思ってよ、釜山旅行をこのクルーズ船にしたわけだ。定年目前の老刑事にはたいした仕事も回ってこない。せいぜいホームレスの乱闘事件くらいだ」

豊川は荒川での一件を思い出し、口角を上げた。

「大阪には上陸しないんですか」

「ああ、かみさんが熱を出してしまってね、部屋で寝ているんだ。まったくなんのためにクルーズ船にしたのやら」

自虐的に笑い、それから声を落とした。

「それで、あんたは？」

「すいません、言えないんです。ただ……なんとか、船から降りてください」

悟ったのか、曽根はため息をつく。

「まじかよ……。あ、ひょっとしてあれか。このあと乗船してくる大阪府知事とかと関係があるのか？」

乗客にはその旨の案内があったようだった。

「私個人的には、彼らとは関係がないのですが、私と話をしたい奴がおりまして」

「話か……。スカイツリーの一件もそうだが、一体なにが起こっているのか、教えてはくれないんだろ？」

豊川は頷いた。

「いまはまだその機会ではありません。不用意にお話ししてしまったら、あなたにも危害が及んでしまう」

曽根は自分を納得させるように唸ると、立ち上がって背伸びをした。

「いったい、この日本でなにが起こっているのやら」

下手に止めようとしないのがありがたかった。

「いずれ話してもらう時まで、死ぬなよ。じゃないと、俺も気になって寝られなくなるからな」

「はい。その時がきたら、伺います」

「ああ。ほかの二人にもよろしくな」

「あの、普段から連絡を取り合っているんですか」

「そんなことはねえよ。はじめは、坂下という女性がふらりとやってきて、警察手帳を取りにきたというわけだ。どういうわけか俺がそれを隠し持ってたことを突き止めてきた。俺はお前に渡そうとしていたんだが、仲間だと言うし、まあ、仲間じゃなければ取りに来るなんてことはしないだろうと思ってな。それからは、妙に色気のある女がどうやっているのかは知らないが、おれがなにか情報を持っている時を見計らって、ふらりと現れる」

「今回は、それがCIAが現れた直後だったと」

「ああ。おまえたちはどういったアンテナを張っているのやら」

「それで、CIAのその後は？」

「俺の所には来ていないな。しかし、なんでまた。なにか心当たりが？」

「いえ、ありません」

「なんにしろ、気味が悪いな」

曽根はあたりを見渡してから、豊川に向き直った。

「久し振りに会ったが、顔色はいいみたいじゃないか。病院から消えちまったからな、心配していたよ」

豊川も立ち上がり、頭を下げた。

「その節はご迷惑をおかけしました」

「ほんとだよ。病院はウチの管轄じゃなかったからいいけどさ」

曽根は笑って、すぐに真顔になる。

「なにかできることがあったら頼ってくれ」

立ち去ろうとする曽根を豊川は呼び止める。振り返った曽根は、降参とばかりに両手を挙げた。

「わかってるよ、船を降りろだろ？　まったく、かみさんになんて言われるか分かったもんじゃない」

「すいません」

「暴れるのもほどほどにな」

そう言って、去っていった。


ＶＩＰの受付は、午後三時にはじまった。ＩＲを推進してきたカジノ議連とその家族が、華やかな雰囲気に目を輝かせながら乗船してきた。カジノの問題を炙り出して、ＩＲ誘致を白紙撤回させようとする者も一定数入っていそうだが、表面的には皆、わずかながらのクルージングとカジノ体験を楽しみにしている。

大阪府長や市長の到着は出航間際になるらしく、それまでファビュラスシアターに隣接するパーティーエリアで、カクテルを楽しんでいる。

豊川は吹き抜けの上階の、エントランスが見渡せる柱の陰に身を隠していた。

ほとんど乗客はおらず、大部分のスタッフも下船しているが、それでも係員にあやしまれると面倒だったからだ。

何人かが豊川のすぐ横を通ったが、誰も気にとめない。

歓声が上がり、下を覗き込むと、府長らが入ってきたところだった。府議会議員や大阪市長、同じ救民党の議員などもいるようだ。出迎えた関係者らと挨拶を交わす輪の中に、朱梨の姿があった。

今朝会った時とは違い、黒のドレスを着ていて、ひときわ華やかに見える。

誰もが挨拶に夢中なのに、朱梨だけがふっと上を向いた。そして豊川の方に向かってウインクをした。

一団が、わらわらとシアターに向かって歩き出したのを見計らって、イヤホンをタップする。

「ブラックゾーンへ移動を開始する」

『了解、船内をスキャンしたところ、怪しいのはレベル3の右舷後方。機関室の上あたり。まずはそこから確認して』

豊川は人気のなくなった階段を降り、プールデッキがあるエリアに向かう。本日休業のカードを下げたロープをまたぎ、ジャグジーの横にしゃがみ込んだ。

リュックを下ろし、降下用ロープを手摺りに結びつける。

下を覗くと、いままさに離岸したようで、ゆっくりと動きはじめていた。

ここから五フロア分下に移動する。

照明はなく、真冬の空はすでに暗い。黒のタクティカルスーツに着替えた豊川は闇に溶け込んでいた。

「降下する」

ロープを垂らし、手摺りをまたぐ。

カラビナなどは用意していない。身体に巻きつけたロープの摩擦だけで速度を調整しながら、降下する。

このレベル3までは外廊下があるが、これより下層は内廊下だけだ。

誰もいないことが確認できるまで、ぶら下がったまま様子を窺った。

それから廊下に降り立つと、ロープを回収し、リュックに詰める。薄暗い廊下を進み、フロアに侵入する。やはり誰もいなかった。

このフロアは前側三分の二がギャラリーやダイニングになっていて、ここはそのバックヤードにあたる。ふだん乗客が足を踏み入れないエリアのせいか、どこか町工場のような雰囲気だった。

「ティーチャー、レベル3だ」

『了解。そうしたら船尾方向に向かって。突き当たりにドアがあるはず』

「OK、移動する」

豊川は銃を抜くと、中腰で走り、通路が交差をするたびに慎重に周囲を窺った。

リネン室や備品倉庫があるエリアなので、本来はスタッフが行き交っているはずだが、いまは薄暗く、誰の姿も見えなかった。

内廊下に入り三十メートルほどを進むと突き当たりになったが、ドアはなかった。

「合っているのか？」

『ちょっとまって……いま、窓から何メートル？』

豊川は薄明かりが差し込む窓を見る。

「右舷から五メートルくらいか」

『反対側は？』

「荷物なんかが積まれているが、壁のすぐ横に立っている」

『あれ、おかしいな』

「どうした？」

『船の後方部分の幅が三十五メートルだから、まぁ、ざっくり中央の壁まで十五メートルのはずでしょ』

「ああ、狭いのか」

『そう。設計図にはない壁ができているってことになる』

豊川はその壁が別の壁に突き当たるまで通路を戻ったが、特にドアのようなものはなかった。

「三メートルほど戻ってきたが、なにもない」

『ちょっと待って。調べる』

その間、豊川は窓から外を覗いた。ちょうど、海遊館を見ながら大阪港を後にするところだった。関西国際空港に降りる飛行機が、空に点々と連なっていた。

『わかった。そしたら、また内廊下に戻って』

豊川は慎重に周囲を窺いながら内廊下を進む。カーペット敷きのため、音が吸収される。自身の足音を消してくれる反面、他者の気配も摑みづらくなるので、さらに緊張する。

『大丈夫。周辺にひとはいない』

船内の監視カメラを見ながら誘導するティーチャーの声にしたがって、廊下を突き当たりまで進んだ。そこにドアがあり、プレートが表示されていた。

「Global Bin Tradingって書いてあるぞ」

『ダミー会社ね』

即答した。

『燃料や食料、気象情報の提供など、船の運行に関わる事業を展開する会社が船内にオフィスを構えているケースがある』

「なぜダミーだと？」

『怪しげな壁を追ったところにある怪しげなドアだからよ。社名を検索しても出てこないし。それにすぐわかるわよ、例のカードを使えば』

豊川は黒いカードを取り出すと、ドア横のカードリーダーにかざしてみた。ピッという電子音に続いて、金属が跳ねるような音がした。

「開いた。入るぞ」

右の親指で拳銃の安全装置を解除するが、その音があまりに大きく聞こえた。呼吸を整え、するりと入り込んだ。

無人だった。

十畳くらいの広さに事務机が四つほど壁を向いて並んでおり、壁には世界地図やホワイトボードが掛けてあった。

ここもそれらしく見せているだけのダミーだろう。

突き当たりにはファイルがずらりと収められたキャビネットがあり、その横にドアがあった。

カードをかざし、開いたドアの隙間から中を覗き込む。そこは階段になっていた。

「ひとつ下のフロアに降りるようだ」

豊川は鉄階段に足を踏み出した。

ここは装飾などなく、むき出しの船の構造の隙間を縫うように降りていく。そこに、またセキュリティドア。

ドアに耳を付け、気配を窺うが、なにも感じられなかった。

ドアを開けるとすぐ横にパーティションがあり、観葉植物が置かれていた。身をかがめ、葉の隙間から覗いてみると、そこはまるでオフィスのようだった。

整然と並べられた机と、ガラス張りのミーティングルーム、休憩時間を過ごすためのカラフルな生地のクッションが置かれたエリアまであった。

天然木と緑が多く使われていて、圧迫感はない。

「ここも無人のようだ」

やや戸惑いながら報告する。

「皆、下船しているのか？」

『諜報活動にバケーションはないわ。出払っている理由はわからないけど、さっさとデバイスを接続して撤収しましょう』

「接続はどこでもいいのか？」

『ええ、気づかれないところならどこでも』

机に置かれたパソコンのLANケーブルを辿ると、床下に続いていた。床はオフィスビルでよく使われているパネルを敷き詰めたもので、その一枚を剝がしてみると、ケーブルが見えた。

「あった。床下にコネクタがある」

『いいわね。接続してみて』

豊川が机に潜り込むと、ズゴンと鈍い響きがあって、一瞬、手を止めた。

大阪港を出て波を受けたからだろう。このあとは明石海峡から瀬戸内海に入るはずだから、波は収まるはずだ。

豊川は作業を続けた。

「繫いだ。どうだ？」

『えっとね……あ、来た。通信できてる』

床のパネルを嵌め直し、椅子をもとあった位置に戻す。

『OK、はやく退散しましょ』

豊川は来た道を戻ろうと足を向けたが、ふとこの先が気になった。

『ちょっと、やめてよね』

「秘密、知りたいだろ?」

『知りたいけど、これから解析が進めばそこの監視カメラも見られるようになるから、わざわざ危険を犯すことないでしょ』

しかし、豊川は奥のドアに向かっていた。

三つあるなかの右ドアはセキュリティがなかった。その中は広大なスペースを使ったトレーニングジムや、道場が備えてあった。

壁には木刀が掛けられていて、剣道教室のようだったが、奥に進むと様子が変わってくる。

表面が粗く削られた板があるのは、投げナイフの訓練のためだろう。描かれていた円はほとんどが消え掛かっている。人の型を模したパンチングバッグにもナイフの刺し傷があり、それはどれも致命傷を与える場所だった。

そしてさらに奥の扉の先にあったのは射撃場だった。幅は二人が並べるほどだが、奥行きが三十メートルほどある本格的なものだった。この場所にいると、決して船の中とは思えない。

豊川は的に向かって銃を構えた。楠もここで射撃訓練をしてきたのだろう。そう思うと左肩が疼いた。だが、引き金は引かずにその場を辞した。

そこからオフィスエリアに戻り、別のドアを開く。真ん中は備品倉庫だった。

『なにしてんのよ、はやく撤収して』

「わかったよ」

浸透計画に関する情報を収集したかったが、ティーチャーの計画を進めるには、ここは何事もなく終わらせたほうがいいだろう。

その後、あらためて作戦を練り直せばいい。

そう思ったとき、ふと気づいた違和感が豊川の足を止めさせた。

『どうしたの？』

豊川は無人のオフィスを見渡す。

ティーチャーが船内の監視カメラを見られるように、工作員たちは豊川が侵入していることを見られたはずではないのか……。

それに、ここが重要な施設なら、なぜ一人も残さないのか。

「罠……」

その言葉が口を突いて出た。

『なんですって？』

「こんなに易々と侵入できるなんて、なにかがおかしい――」

その時、配管がむき出しの天井から一斉にガスが噴射された。スプリンクラーのように、それは二メートルほどの間隔で設置されており、シューっという音がけたたましく響いた。

無色透明だったが、ガスの正体はすぐにわかった。

「催涙ガスだ」

それ以上の言葉は言えなかった。すぐに視界が涙で歪む。片目を瞑って保護しながら、ガスの噴射がない場所を探した。

しかし、トレーニングルームや備品室も同様で、まだ確認していなかったもうひとつのドアノブに手を伸ばしたとき、部屋の反対側の豊川が入ってきたドアからガスマスクをつけた男が四人飛び込んでくると、一斉にサブマシンガンで撃ってきた。

ピシッと空気を震わせながら、耳元を銃弾が通り過ぎる。

豊川は机の下に飛び込むと、ガラス張りのミーティングルームに目をやった。そこは天井がパネルで覆われており、ガスの噴射はなさそうだった。

そのガラスに四発を撃ち込むと、男たちに威嚇射撃をしながら飛び出し、ひび割れたガラスに身を投げた。

大量のガラスの破片と共にミーティングに飛び込むと、床に鼻を擦り付けるようにしながら息を吸い込んだ。ここもすぐにガスで満たされるだろう。

「ティーチャー、ガスを止めてくれ！」

それだけ言うと、庇ってきた左目を開けて応射する。左に回り込んだ敵に気をとられた瞬間、部屋のドアに無数の穴が空いて、豊川は倒れた丸テーブルの奥に飛び込む。飛び込んできた敵に向かって引き金を引いたが防弾ベストが受け止めることを見越しているのか、男は怯まずに突進してきた。

豊川が太股を撃ち、よろけたところを背後にまわる。次に飛び込んできた男が銃を構えるのを見て、その男を盾にした。

構わずに撃ちこまれる銃弾のほとんどは防弾ベストが受け止めたが、その衝撃は背後の豊川にも伝わってくる。

なにも保護されていない箇所を銃弾が襲う度に、男の身体は重くなっていく。ついに膝をついたが、豊川は冷静にカウントをしていた。

弾切れによるマガジン交換のタイミングを見逃さなかった。

血だらけの盾となった男がだらりと下げた右手をとり、握られていたマシンガンを向けると、男の人差し指を押し込んで引き金を引いた。

ふたりの男らが倒れるまでの間に、三人目の男が割れたガラスから銃口を向ける。豊川は拳銃を左手で摑み、ガスマスクの上から額を撃ち抜いた。

あっという間に静かになった。気付けば催涙ガスの噴射も止まっていた。

「ティーチャー、お前か？」

『ええ、システムの解析に時間がかかったけど、その部屋の非常排気を稼働させたから、すぐに移動できるようになるはずよ。怪我はない？』

自らの身体に手を這わせてから頷いた。

「大丈夫だ」

『だったら移動した方がいいわ。やはり無人にしていたのはあなたをおびきよせる罠だったのね』

同感だった。

部屋の中ほどに戻り、三つあるドアの左のドアノブを引いてみると、また無骨な通路が延びていた。

細い通路を三十メートルほど進むと分岐があり、階段になっていた。

どうやら、この秘密の通路は船内を縫うように延びていて、様々な場所に通じているようだった。

正面から無数の敵が迫ってくるのが振動として伝わってくる。

豊川はつづら折りになっている階段を、二フロア分、駆け上がるとドアが現れた。ドアノブに手をかけ、耳をドアに近づける。気配はなかった。

中を窺うと、八畳ほどの部屋に、机とベッドが効率よく配置されており、二台のモニターには現在の航路と、船内モニターが表示されていた。

そして、自分が出てきたドアを閉めると、キャビネットにカモフラージュされていて、ドアの存在に気づけないくらいだった。

それから廊下側のドアを少しだけ開ける。やはり廊下には誰もいなかった。ドアに付けられたプレートを確認し、再び部屋に入る。

「副船長室のようだ」

『つまり、副船長は浸透計画の一員ということね』

「そうなるな」

『ええっと、名簿によると……副船長は、中国籍のリコ・サン。ああ、なるほど。このひと、もう十年くらい出世するわけでもなく、ずっと副船長だわ』

「万年副船長……つまり、実質的に船を掌握している者ということか」

『そうね、表向きには浸透計画とまったく関係のない船長や船員を配置しているけど、信頼すべきベテラン副船長を演じながら、裏からすべてをコントロールしているんでしょうね』

豊川は部屋の中を見て回ったが、特に変わったものはなかった。

「船に関する事だけだ」

『浸透計画の一員だとバレないよう徹底している。とにかく、いまはそこから離れましょう。あなたの部屋まで誘導する。前の廊下はクリーン、出たら右方向に行って』

「了解。移動する。返り血を浴びているからな。乗客とバッタリ会わないようにしてくれ」

そこで、ふと足を止める。

「ちなみに、船長はブリッジにいるのか？」

『ちょっと待って、いまカメラを確認する。あー、さっきまでいたと思ったんだけど、いまはいないわね。船員の姿が三、四人見えるだけ』

「そんなものなのか？」

この規模の船にしては少ないと思った。

『高度な自動制御システムは、この船の自慢のひとつみたいよ。ＡＩまで使っているみたい。人間は周辺の監視役くらいにしかなっていないかも。働き方改革ね』

「船長までも不在かよ。で、船長室はどこだ？」

『左に行った廊下の突き当たり』

「ちょっと寄り道する。本当に浸透計画と無関係なのか確かめる」

『穏便に頼むわよ』

それには答えずに、豊川は廊下を進む。ＣＡＰＴＡＩＮの文字を確認し、ノックをしてみたが反応はなかった。

ドアノブを取った。鍵がかかっていたら壊してでも入ろうと思っていたが、ドアはあっさり開いた。

副船長室よりも広く、執務エリアと居住エリアの二つのエリア構成になっていた。

念の為、声をかけてみたが返事は無い。

壁のクローゼットを見ると、秘密の通路と繋がっているのではないかと想像したが、どうやら、ここに繋がる通路はなさそうだった。

立ち去ろうとしたとき、トイレの前に光るものが落ちているのに気づき、それがなんであるかを理解して豊川は銃を抜いた。

空薬莢だった。45ミリACP弾……。

トイレのドアノブに左手をかける。そして一気に開け放った。

「船長がいた」

『どこに？』

「自室のトイレだ。死んでいる」

額にひとつ、小さな穴が空いていて、背後の給水タンクを赤く染めていた。ズボンを膝まで下げたままの状態であることから、用をたしている最中に、問答無用で撃たれたのだろう。

「それと、45口径弾……楠だ」

豊川は自らの肩に手をやった。ここにも同じ口径の傷がある。

『だからと言って、楠とは限らないでしょ？』

確かに、他にも45ミリを使う者がいてもおかしくはない。

しかし、なぜか確信めいた思いが、豊川の鼓動を速めた。

「奴は、この船の中にいる」

普段は理論的思考を武器に反論するティーチャーも、いまはなにも言わなかった。

『なるほど。でも、いまのあなたの状況で闘うのは無理。かといって、もう船から出られない』

「逃げることはしない」

『でもさ、冷静に考えて。能力はどうなの』

「五分だな」

『ベストコンディションの時でそれでしょ?』

「なら、このコンディションでも勝てる方法を探すさ」

強がってみた。

開いたままの船長の目を、そっと閉じてやりながら思う。

楠は、いわば豊川の反物質だ。ふたりが衝突すれば、対消滅。つまりはふたりともこの世から消え去ってしまうのではないか。

それでもなお、惹かれ合うように、逃げ場のないこの狭い空間に閉じ込められた。

楠と戦うのは浸透計画の覇権を喰い止める分水嶺にも思えた。

「ティーチャー、監視カメラで楠の姿を見たら教えてくれ」

しかし、ティーチャーからの返答はなかった。

「ティーチャー?」

『あ……』

「どうした」

どこか慎重な様子だった。

『いま映像を確認してて……乗客がファビュラスシアターと隣接するパーティーエリアに集められていたんだけど、全員、意識を失ってるみたい……』

「どういうことだ、意味がわからない」

ティーチャーはなにかを操作しているのか、しばらく無言だった。

『いま、パーティーエリアにいた客とか、制服姿のスタッフもシアターに集められているんだけど、誰ひとり動かない』

「え、全員か？　奴らはなにをした？」

『たぶん、催眠ガスの一種だと思う。みんなを集めてシアター内にガスを充満させた。大勢を監禁する場合、眠らせた方が監視はやりやすいから』

「しかし、目的はなんだ？」

『分からない』

「敵は何人だ」

『シアターとパーティーエリアで十二人、ほかの部屋にも潜んでいるでしょう。全体で三十人はいるかも』

弾が足りない。

豊川は、状況を把握するために外に出た。

「移動する。シージャックの通報は？」

『出ていないわね。ブリッジも……すでに制圧状態でしょう。船長が殺害されているわけだし』

「どうする？」

『逆にどうしたい？』

「制圧している工作員たちの中に楠はいるのか？」

『どうだろう？　そこまではよくわからない』

その時、脳で判断するよりも早く、身体が動いた。

廊下の先に男がいて、こちらに向けて発砲したことを理解したのは、豊川が応射したあとだった。

豊川は二発を撃ち込み、敵を沈黙化させた。

「ワン・ダウン」

『援軍が駆けつけるわよ。有利な位置を探して』

豊川は船首方向に走った。

「有利な位置ってどこだよ」

『次の角を右に！　曲がってすぐにミーティングルームがあるから、ひとまずそこに！』

「了解！」

豊川は指示通りにその部屋に飛び込んだ。そこでハッとする。

テーブルの上にはＭ４ライフルが並べられており、唖然とする男たち三人と見合わせた。

マガジンに弾を詰めていた手を止め、一斉にライフルを手に取った。

豊川は乱射し、部屋を飛び出す。一人が倒れたのは確認したが、それ以外は見ている暇はなかった。

「なんて誘導をしやがるんだ！」

叫びながら廊下を走る。すると前方にも敵が現れた。

挟み撃ちなら発砲はないと思ったが、遠慮なく撃ってきたので、豊川はすぐ横の部屋に体当たりして飛び込んだ。

部屋に入るとテーブルをドアに寄せる。空になったマガジンを撥ね飛ばし、再装塡して突入に備える。

恐らく、スタングレネードを投げ込んでくるだろう。

部屋は一般的な客室で、逃げ場はない。

ドアの隙間から手が伸びてきた。手にしているのは、やはりスタングレネードだ。

その手を撃ち抜いて引っ込ませ、ゴトリと床に落ちたスタングレネードを投げ返し、ドアを閉める。

衝撃で部屋が揺れる。しばらくはおとなしくなるだろうと思ったが、今度はドアがあっという間に蜂の巣になっていく。

豊川ははめ殺しの窓に向かって四発撃ち、椅子を摑んでガラスを打ち破った。冷たい夜の潮風が吹き込んでくる。

下を覗くが十メートル下は白波をたてる海で、船体に突起はなかった。

唯一あるのは二メートルほど上を横に走るパイプで、それを伝っていけば、バルコニーのある上のフロアの部屋に辿り着けそうだ。

窓の縁に残るガラスを椅子でこそぎ落とすと、豊川は身を乗り出し、窓枠を内側から両手で摑むようにして立つ。

パイプを睨みながら、ゆっくりと膝を曲げる。

こんなことを過去に試したことはないし、どうにも現実的ではない気がしてならない。他に手はないのか。

いまにも蹴破られそうなドアを見て、覚悟を決める。

息を吸い込むと一気にジャンプした。

ふわりと身体が浮き上がる。それまで耳元で鳴っていた風切り音がふっと消えた気がした。

腕を伸ばし、右手の指先がパイプに触れた。

歯を食いしばって全体重を支えながら、左腕をなんとか持ち上げ、ぶら下がる。

それでもまだ安心はできない。いま突入されればたちまち撃ち落とされてしまう。

足を置くところはなかったが、膝を立てて加重を分散させながら、上に移動し、バルコニーを目指す。

その格子を摑んだとき、工作員らが突入した。

室内に豊川の姿がなく、窓が綺麗に割られているとなれば、意識は外に向かう。銃を構えながら身体を乗り出すが、ここにも豊川の姿は見えない。飛び移れるような場所はなく、海にでも落ちたかと思ったときに、ハッとして視線を上に向けた。

しかし、やはりそこにもいなかった。

豊川は間一髪、フェンスを乗り越え、バルコニーの床に身を横たえながら、気配を窺っていた。

それから、ゆっくりと起き上がると部屋の窓の縁に、痺れて感覚を失いかけている指をかけた。

施錠はされていなかった。

室内は、ここの乗客が出て行った時のままのようで、化粧品などがあふれる洗面台でお湯に指を晒し、感覚を取り戻した。

『しばらくそこにいたら？』

ティーチャーは言うが、豊川は首を振る。

「楠は見逃さないだろう。そのうち、ここにも工作員を送り込んでくる」

ふたりの思考回路や身体能力がよく似ているだけに、楠は豊川の取る行動が読める。

「彼らの救助に行かなければ」

『ひとりじゃ無理よ』

「いるだろ、もうひとり」

『……朱梨ね。でも、大阪府知事と一緒だったから、たぶん、シアターでほかのみんなと一緒に……』

「あいつはノコノコ敵の手に墜ちるような奴じゃない。どこにいるか捜してくれ。それとシアターへのアクセスも。通気口でもなんでもいい」

『了解』

「頼んだ。こっちも移動する」

豊川は、その部屋をするりと抜け出した。

そのバックヤードには、これから船内のレストランやバーの厨房に届けられる予定だった野菜や果実が仕分けされて置かれていた。

床にはスタッフの物と思われる帽子やエプロン、片方だけの靴などがころがっており、無理矢理シアターに集められたことを窺わせた。

豊川はかごからリンゴをひとつ摑むと、パレットの縁に腰を下ろした。

『休めるときに休んで』

リンゴをかじり、ため息をつく。身体が重かった。

「そうだな」

いわば戦場に身を置いている状況で、緊張状態を緩めるわけにはいかなかったが、少しでも体力気力を回復させておかなければ、このあとの戦いに立ち向かうことができない。

リンゴの果汁が染みわたる。気力を回復させるようにゆっくりと咀嚼した。

「だがティーチャー、腑に落ちない」

『連中の目的ね？』

「そうだ。ＶＩＰらを人質にとって、なにをするつもりだ？　身代金の要求とかないんだろ？」

『いまのところね。なにを企んでいるのかは不明よ』

「朱梨は？」

『連絡がつかない。それに、どうやら妨害電波が出ている。外部との連絡を絶つためにね』

その時、ポーンっと音が鳴り、豊川は瞬時に戦闘モードにはいる。

積まれた段ボール箱を盾にしながら、音が鳴った方に進むと、エレベーターがあった。

作業用で飾り気はないが、開口部が広い。ドア横には十三の階数表示があり、いまは十階を示すランプが点いていた。

乗客が乗り降りするエレベーターは、下はラウンジのある四階までしかボタンがなかったが、ここにはB3まであった。

『通常は地下階を示すB表示だけど、この船の場合は喫水線の下をB階にしているみたいね。これは船によって違うみたいだけど』

そのランプは、豊川のいる三階を通過して、一階からは各階に止まりながらB3まで下りた。

「下にはなにがあるんだ？」

『いまあなたがいるのは中央管理棟と呼ばれているエリアよ。上には煙突、下には機関室があるはず。特にエンジンは三フロアをぶち抜いているみたい』

この船の場合、大きく分けると縦に四区画あり、それぞれ作業用エレベーターが貫いているようだった。

制圧下にある状況で、エレベーターを使えるのは工作員だけだ。

「あいつらは、なにしに行ったんだ？」

『わからないけど……』

豊川の行動を読んだティーチャーは続ける。

『気を付けてよね。ちなみに、非常階段はエレベーターシャフトの隣。ドアがあるはず』

「あった」

そのドアノブを引いてみると鉄階段があり、つづら折りの中央部から覗いてみると、船体を上下に貫いているのがわかった。

鉄階段は自分が思うよりも足音が響く。豊川は慎重に降下を開始し、B1で足を止めた。話し声が聞こえたからだ。

耳を澄ましてみると、その会話は中国語で交わされていた。最低でも男がふたりいるようだ。

「中に監視カメラはないか?」

『ここのエリアにはないわね。イヤホンが入っているほうの耳をドアに当ててみて。マイクの感度を上げて、こちらで音声を拾ってみる』

豊川は言われたとおりに耳をドアに押し付ける。

『内容はよく分からないけど、なにかを確認しているみたい。片方がチェックリストを読み上げて、もうひとりが確認しているっていうか……。下の者がどうのこうの言っているから、B2、B3の連中と連携をとっているのかもしれないわね』

豊川はその場から離れると、非常階段に戻る。

「了解、下のフロアも調べてみる」

階段をふたたび慎重な足運びで下りていき、またドアに耳を当てて様子を窺う。

「ここは誰もいないようだ」

そう言ってドアノブに手をかけたとき、小さな物音が聞こえた。どうやらなにかの機器を操作しているようだった。

ここでも中の状況がわからない。連中の意図に確信が持てるまでは、突入は避けた方がいいだろう。いまは情報が必要だ。

そして、船の最下層にあたるB3へ向かう。

話し声はなく、物音もなかった。豊川は拳銃を抜き、そっとドアノブを捻った。

漏れ出てきた蒸し暑い空気に逆らうように身体を滑り込ませる。ぼんやりとしたオレンジ色の照明に照らされた空間は倉庫として使われているようだ。床はところどころオイルの滲みがあり、古い路線バスの匂いがした。

さっきから聞こえていた地鳴りのようなエンジン音がさらに大きくなり、空気を震わせている。

エレベーターを見ると、まだこの階で止まっている。ならば、どこかに工作員がいるはずだ。

『右奥に共同溝への通路があるはず』

図面を確認したティーチャーが言った。

「共同溝？」

『ガス管や水道管、電線などのインフラが通っているメンテナンス用の通路よ。機関室と外郭の隙間にあって、ひとひとりが通れるくらいの大きさで、船首船尾それぞれの方向に延びている』

豊川が奥に進んでみると、確かにドアがあった。通常のドアノブではなく、丸いハンドルのようなもので、扉のつくりも頑丈になっている。

『隔壁よ』

船はこまかく区切られた構造をしており、仮に船底に穴が空いて、一区画が完全に浸水してしまったとしてもそこを密閉すれば沈まないようになっている。

『この船は機関室も完全に隔離されているから、船底に穴が空いても安全に航行できるようになっているわね』

そのとき、ドアの丸いハンドルが、くるくると回り始める。豊川は素早く積まれた木箱の隙間に身を隠した。

やがて、重々しい金属音が響き、床を進むブーツの足音がふたつ聞こえてきた。その足音がぴたりと止まった。二人の男らの声も、小声に近い。

豊川の気配を感じたのかもしれない。

精鋭部隊なら、空気の揺らぎ、自分たち以外の者が吐き出す二酸化炭素の量、熱量――。そういったものを、動物的な感覚で敏感に捉えることがある。

いま焦って動いてはダメだ。相手が一歩、足を踏み出すのに合わせて呼吸をし、最小限の動きで移動する。

そうやって常に死角に留まった。もし二手に別れて捜索されれば交戦は避けられなかっただろう。だが一人が無線を受け、緊張の糸が切れたのが二人の交わす声色でわかった。

男たちはエレベーターに乗り、B1まで各階に止まりながら戻って行った。

「やはり浸透計画の精鋭工作員となれば、手強いな」

そう呟きながら、さらに一分間、警戒態勢を維持するが、エンジンの唸りが響くだけで他には誰もいないようだった。開け放たれた隔壁扉の奥を覗き込むが、やはり無人だった。

そこで気になった。

『どうしたの？』

「なぜ、開いているんだ？」

『なにが？』

「ドアだ。ここが開いていたら隔壁の意味がないんだろ？」

見るからに頑丈そうな厚みを持つドアが開け放たれていた。

『そうね。あなたの気配を感じて、閉めるのを忘れていたのでは？』

「いや……」

豊川は通路の中に足を踏み入れて目を先にやった。

「他の扉も開いたままだ。それに——」

その扉には、誤って閉めてしまわないように、ドアヒンジに鉄のブロックが咬まされていた。

『つまり、防水壁としての役割を果たさないようにということ？』

幅一メートルほどの共同溝を進み、豊川は足を止めた。

「奴らがなにをしていたのか……それは、この船を沈めるためだったんだ」

壁には大量のＣ４爆弾が仕掛けられていて、豊川は息を呑む。

「おそらく、この豪華客船が沈没するように計算し尽くしている」

ある箇所は数メートルにおよぶ線状に配置されており、別の箇所は骨格を確実に破壊させるようオフセット配置されていた。

『オフセット……爆発の衝撃波の方向やタイミングをコントロールして破壊力を大きくする……？』

「そうだ。たとえば破壊したい物体に対して、異なる角度で衝撃波を当てた方が、破壊力が増す」

『でも、どうして船を沈めるの？　もし府長らＶＩＰの暗殺が目的なら、ほかに簡単で確実な方法があるはずでしょ。身代金目的だとしても、自分たちの船を沈めてしまったら、損害の方が大きい』

　確かにそうだ。

「わからないが、いまわかっているのは、このままだと全員が危ないということだ。この爆弾を解除できないか」

『できるかどうかは、これらをまとめて制御している起爆装置次第ね。それを探して』

「上の階だな」

豊川はエレベーターホールまで戻り、表示板を見上げた。

いまは最上階で停止しているが、さっきはB1まで各階に止まりながら上がっていった。つまり、工作員たちは作業を終えて戻った可能性が高い。

『でも、重要な起爆装置があるなら、そこを無人にするかしら？』

「それは行って確かめる」

非常階段を上ってB2のドアノブに手をかけた。機関室からの唸りのような低い音が響くだけで、会話は聞こえなかった。

しかし、ドアを開けようとした時、金属製のツールを落としたような物音が聞こえた。

まだいたのか、と心の中で舌打ちした。

だが、ここで引くわけにはいかなかった。

爆薬の設置が既に終わっているとしたら、それを使うタイミングは近いのかもしれない。

これからこの船と乗客を人質に日本政府となんらかの交渉をするつもりなのかどうかはわからないが、爆薬の配置や隔壁扉の開放を用意周到に行っているということは、すくなくとも本気だ。いざとなれば使うだろう。

ならば、ここで止めなければ。

豊川は銃を胸元に構え、ドアノブをゆっくりと回した。

その部屋は白色の蛍光灯で照らされていて、幅五メートル、奥行き一メートルで、高さは二メートルほどのラックが三列で十五台ほど並んでいた。それは、本棚を整然と配置した図書館にも思えるし、巨大なドミノの間に挟まれているようでもあった。

それぞれのラックには様々なメーターやスイッチ類が備え付けられていて、どうやら船内の配電状況を管理しているようだった。

機関室の音はより大きく響いていて、壁に貼られた注意書きには、ヘルメットとともに、イヤホンかイヤーマフを装着するように書かれてあった。

『その部屋は船内に電力を分配する変電所のような設備で、通常は無人だけど、一日に何回か見回っているみたい』

本棚のように並んでいるのは、電力の供給状況を示すパネルのようだった。それぞれに配電先のプレートがつけられていて、それが十列並んで長さは十五メートルほどだった。それをひとつひとつ、覗き込みながら奥へ進んでいく。

すると、出し抜けに男が仰向けに倒れていてぎょっとする。あまりに違和感のある光景で、前衛的な芸術のようにも思えた。

しかし後頭部から流れる血が白い床に広がっていて、天井の蛍光灯を反射していた。

男は作業服を着ており、胸につけたネームプレートには笑顔の写真があり、所属部署名と日本人の名前が書かれていた。

ヘルメットのすぐ下、眉間を正面から撃たれたようだ。

豊川は素早く上半身を捻って背後に銃を向けた。気配がしたからだ。それを追うように立ち上がると、耳元を亜音速の弾丸がかすめ、背後の配電盤から火花が散った。

予想外の方向からの銃撃だった。まずは防御に最適な位置取りが最優先だ。

豊川はジグザクに進んで、最後のステップで大きく横に飛んだが、そこで照明が落ちた。非常灯のぼんやりとした灯りが代わりに点灯したが、急激な暗転に視力が追いつかない。

そっと目を閉じて、聴覚に全神経を集中させる。

唸りの中で音を聞き取るのは難しかったが、それでも気配を捉えた。

ブーツのソールが床との摩擦で小さく鳴いた。

その方向に右腕を水平に伸ばして引き金を引く。敵がよろけたのがわかった。床に身を投げ出して滑りながら、さらに放った一発が、天井で跳ねてストロボのように発光し、その人物の影を一瞬照らした。

豊川は両手を上げた。

「ちょっと待て！　俺だ！」

すると銃撃がやみ、再び照明が点灯した。目を細めて周囲を見渡していると、女が銃を構えながら近づいてきた。ようやく確信したのか、呆れ顔の後に怒り出した。

「まったく、なにやってんのよ！　危うく撃ち殺すところだったじゃないの！」

朱梨は乗船してきた時のドレス姿ではなく、黒のツナギを着ていた。

「なんだその格好。絵に描いたような女殺し屋だな。しかし、船員を殺すことはないだろう」

ここからは直接見えないが、死体があった方向を指で示した。

「ああ、あいつ。浸透計画の工作員よ。ああ――あんたは簡単に騙されそうね」

「本当か？　ちゃんと確かめたのか？　日本人だったぞ」

「ええ、過去にあるミッションで一緒になったことがある。この部屋に忍び込んだらバッタリ会っちゃって」

「それで、思い出話をする代わりに銃弾を喰らわせたのか」

朱梨は呆れたように首を左右に振った。

「正当防衛よ。ただの技術者が拳銃を持っているわけないでしょ」

「俺が見た時は、銃なんて持っていなかったぞ」

「これ――」

朱梨は銃を掲げた。

つまり、ここに潜入した時に、顔を知る者と鉢合わせになってしまい、襲われて銃を奪ったということか。

「なら、なぜお前はここに来たんだ」

「こっちよ」

そう言って歩き始めた朱梨を追った。部屋の一番奥の配電盤の扉は開け放たれていて、そこからおびただしい数のケーブルが引き出されていた。それらは最終的に、ひとつのボックスに集約されていた。

「なんだこれは」

「起爆装置よ」

「お前、爆弾が仕掛けられていることを知っていたのか」

「中央作業エレベーターの上に潜んでいたから、連中がなにをしようとしているのかはわかった。随分前から爆薬の設置は進めていたみたい。計算し尽くしてね」

見た？ と朱梨の目が言っていたので、豊川は頷いた。

「確かに高度な計算がされていた。確実に沈めるという意思を感じた」

「同感ね。問題はその理由。で、あなたのほうはうまく行ったの？」

「ああ、ハッキング用の通信デバイスは取り付けた」

「で、どうなの」

「それは知らない」

豊川はイヤホンをタップした。

「ティーチャー、いま朱梨と合流した。そちらの進捗はどうだ？」

『探す手間が省けたわね。まだハッキング用のプログラムが走っている。やはり簡単にはいかなそうね。それでも大丈夫だと思っていたんだけど……』

「その前に船が沈んじまったら意味がないってことか」

『そういうこと』

豊川はそのままを伝えると、朱梨は頷いた。

「なら爆破はなんとしても止めないと。だけどね、こっちはこっちで厄介なの」

起爆装置を指差した。

「トラップだらけで解除できない」

複雑な配線と、複数の基盤配置。それを制御するコンピュータ。映画のように赤か青のケーブルを切断すれば解除できるというものではなさそうだった。

「ティーチャーはどうなんだ」

豊川はスマートフォンでさまざまなアングルから写真を撮って送信した。

『写真だけでは厳しそうね。制御コンピュータを無効化したほうが早いかもしれない。だけど……』

「それにも時間がかかるのか」

『ええ、いまここにあるコンピュータをフル稼働しても数時間かかるかもしれない』

数時間で終わるなら――と言いかけて、気づく。

すべてのリソースを爆弾解除に振り分けることは、浸透計画のデータベースへのハッキングを諦めるということになる。

「爆弾を解除してからハッキングを再開すれば……」

「浸透計画が爆弾を解除されたことを知れば、すべての外部アクセスをクローズするでしょうね」

朱梨が言った。

『そうなれば、今後、データベースにハッキングはできなくなる』

つまり、浸透計画の追跡から逃れ、新たに〝普通の生活〟を送るのを諦めるということになる。

それを朱梨がどんなに渇望していたか。その気持ちは理解することができた。

しかし、ふたりとも答えは出ているようだった。スタッフを加えれば百名近くの人命がかかっているのだ。

『ハッキング用に仕掛けた通信デバイスを回収して、その起爆装置と接続すれば、解除できると思う』

「わかった。ありがとう」

『そんなこと言われる筋合いはないわ。早くして。起爆装置をどれだけの時間で解除できるかわからないんだから』

「了解」

朱梨は察したようだ。

『ブラックゾーンに戻るのね。あたしも援護するわ』

「いや、俺がデバイスを回収してくる間、ティーチャーと協力して、敵勢力の把握と、シアターの皆を解放する計画を立ててほしい。ティーチャー?」

『聞こえてる。彼女のスマホのDSIDを教えて』

すべての携帯通信機器に割り振られている一意の番号を朱梨から聞き、それをティーチャーに伝えると、朱梨のスマートフォンに着信があった。

「繋がったわ」

豊川は、ふたりに『頼んだ』と言い残して、ブラックゾーンへ向かった。


副船長室からの侵入を、まずは試みることにした。

誰もいなかった。副船長は船内のどこかでこのテロを仕切っているのだろう。

室内には船の航路を示すモニターがあって、それによると、小豆島《しょうど》を北側から回り込み、いまは進路を東へ向けている。再び、明石海峡を目指しているようだ。

大阪に戻っている?

そこにティーチャーから通信が入った。

『ふたりとも聞いて。いまクリスタルホライゾンを乗っ取ったというテロ集団から犯行声明が出された』

豊川は、隠し扉を探してキャビネットを弄っていた指を止めた。

「テロ集団?」

『そう。〝欧州聖域戦線の夜明け〟を名乗っている。要求は投獄されている政治犯十名の解放』

「それって」

『ええ。まったく関係ない人選ね。テロ集団もダミーよ』

そんな組織は初耳だった。

『もちろん浸透計画がでっち上げた組織。それと、人質解放の交渉先は日本じゃない、アメリカよ』

『アメリカ？　なぜ？　アメリカはテロリストとは交渉しないと公言していて、過去も一貫しているのに』

朱梨の声だった。

『ええ。たぶん、はじめから交渉する気なんてない。アメリカの要人が乗船しているわけでもないし、要求はバカげてる。爆破は既定路線なのだと思う』

だとすると疑問が湧く。

「なぜこの船を爆破するんだ？　さっきも言っていたが、ＶＩＰを殺害するなら、他に手は山ほどある。わざわざ自分の船を沈める必要なんてない」

『目的はＶＩＰらの暗殺じゃない。犯行声明を出しているから事故に見せかけるつもりもない。まだ憶測だけど、まったく別の目的があるんだと思う。豪華客船を一隻沈めても余りあるリターン』

余りある……リターン？

この規模の客船になれば、その建造費は五百億円を超えるはずだ。それを上回る見返りとはなんだ。

しばし動きを止めて考え込んだ豊川だったが、いまやるべきことは他にある。

「ティーチャー。その件も頼む。俺はデバイス回収に集中する」

『そうね、頼むわ』

豊川の指が、キャビネットの天板に小さな突起を見つけた。それを押し込んでみると、パチンと金属音が鳴り、至極軽い力でキャビネットは手前に滑り出し階段が出現した。

階段を下り、やがて現れたドアをわずかに開けると、隙間から中をうかがった。

誰もいなかったが、さきほど侵入した浸透計画のフロアに違いなかった。敵は以前のようにまた現れるかもしれない。豊川は警戒しながらオフィスエリアを進み、デバイスを仕込んだデスクの下に潜り込んだ。

「ティーチャー……」

『どうした？』

「ない」

『ないって、なにが』

「デバイスだ。たしかにここに仕掛けたのに……」

勘違いかも知れないと、記憶した位置の両隣も調べてみたが、やはり見当たらなかった。

『でも、こちらでは作動しているわよ』

どういうことだ。

「それじゃ、まるで――」

顔を上げた豊川だったが、後頭部に固い物が押しつけられて息を呑んだ。振り返るまでもなく、それが拳銃であることはわかったので、両手を肩の位置まで上げた。

「銃を床に置け」

言われるままに銃を床に置いた瞬間、足が飛んできて、それは部屋の隅にまで蹴飛ばされた。

「立て」

拳銃がすっと離れた。立ち上がり際に反転し、銃を奪われないためだ。距離が近ければワンアクションで形勢逆転もあり得たが、ボディチェックすらされないこの状況では無理だった。

45口径の銃口が目の前にあり、それを持つのは、やはり楠だった。

「肩の具合はどうだ」

同じ部隊にいたころは笑みを見ることがなかったので、それが歪んだものであったとしても、意外に思えた。

いま楠が身を置く環境が、よほど気に入っているのかも知れない。

だが顔つきは、さらに邪悪な雰囲気を纏っている。頬は痩け、眼球は剝き出しになったかのようにギョロリとしている。孤島で飢えながら戦った旧日本兵のような雰囲気だったが、それでいて生気に満ちている。

「名医のおかげでね、だいぶいい」

「そうか。まあ、関係ないか。お前については発見次第、抹殺指令が出ているからな」

天満でやり合ったとはいえ、実際に話すのは十年ぶりくらいになるが、「久しぶり」とか「元気だったか」の言葉の代わりに、あまりに物騒なセリフだった。

「お前が探しているデバイスは、いまはうちのラボで解析しているよ。ずいぶんと凝ったつくりのハッキングプログラムのようだな」

手の内を知られていたか……。

「いつからだ？　浸透計画に関わったのは。ずいぶんと認められたようだな」

「ああ、実力を適切に評価してくれるからな」

楠の腕はまるで岩になったかのように、まっすぐに伸ばした状態でも一分の揺れもなく、ぴたりと豊川の額を狙って動かない。その佇まいを見ただけでも、腕は鈍ってないのがわかる。全身を覆う筋肉にもまったく無駄がない。

そして、いっさいの動揺も見られない。何年も前からこの瞬間をシミュレーションしてきたかのようだ。もし豊川が妙な動きを見せれば、なんの躊躇もなく引き金を引くだろう。

「お前が情報本部に異動したあとすぐだ。幹部たちは俺に部隊を引き継がせようとはしなかった」

「つまり、評価されなかった腹いせに、中国に傭兵として寝返ったのか」

楠は、人生で一番愉快な話を聞いたとばかりに笑った。

「違う。俺は中国人だよ」

豊川はその意味を理解して、崩れそうな膝でなんとか耐えた。

「まさか、お前は」

その顔が答えを表していた。

楠は、自身の技術を活かすために浸透計画に参加したわけではない。はじめから浸透計画の一員として陸上自衛隊に潜り込んだのだ。

「お前の抹殺指令を受けた時、正直、嬉しかったぜ。訓練のたびに、何度事故に見せかけて殺そうかと思っていたことか」

「俺を殺しても、部隊長にはなれなかったぞ」

浸透計画は侵入した組織で出世し、そこで影響力を強めることが是とされている。楠は技能者としては優秀だった。特殊作戦群の部隊長になりたかったが、それができなかったのは豊川の存在があったからだろう。

「なにしろ、お前には隊を率いる素養がない。浸透計画の上司がいなければ、だれも認めてくれないだろう」

楠はまた笑う。

「ずいぶんと引き金を軽くしてくれるやつだな。お前の首を手土産に、俺も出世できるよ」

「なあ、そんなに俺が憎いなら、正面から勝負したらどうだ。それとも俺に勝つ自信がないのか」

「なんだと」

「俺の格闘技術の高さは身をもって知っているな？　訓練では何度もねじ伏せてきたからな。あの頃は悔しそうな顔してたなぁ、おい。惨めなものだった。少しは腕を上げたというなら、勝負しろ。ほら、おれは左肩を負傷している。ちょうどいいハンデだろう」

「この野郎、お前なんかに負けるわけねえだろ。勝負してやるよ！」

しかし、そこでまた笑いはじめた。

「本当にバカなやつだ。映画みたいにわざわざ銃を捨ててタイマン勝負か？　ナイフで斬り合うとか？　ないない。わざわざ優位性を捨てるやつがどこにいる。ミャンマーの一件では事故に見せかけるために手間暇かけたが、お前にはそんな価値すら見出せない。死ね」

「待て、ミャンマーというのはＰＰＰのことだな。なぜいまになって関係者を殺した」

楠は、お預けをくらった子供のような顔になるが、それでも、自分の仕事を自慢したいのか答えた。

「大人しくしていればいいものの、いまになって再調査を始めたからだ」

「騒がれて困るのは、中国がミャンマー政府に浸透していることが世間にバレるからか」

一足飛びに回答を示した豊川に、楠はやや不満そうだった。

「言ってみれば、お前の書いたレポートが、関係者の死を招いたとも言える。つまり、お前は関わる者を皆不幸にする死神なんだよ」

芽衣のことが頭をよぎり、不覚にもたじろいでしまったが、楠は満足したようだった。

「お前の恋人もそうだったんだろうよ」

「違う。全ては浸透計画のせいだ。彼女は――」

「いいよ、なんでも。どうせ死ぬんだし」

二の腕の筋肉がピンと張られるのが見えた。このまま気軽に引き金を引くだろう。

「待て待て、E―7だ」

「はん？」

楠は眉間に皺を寄せた。

「だから、E―7だ」

豊川はもう一度言った。

楠は記憶を探るように、しかし視線を外すことなく顔を歪めたが、それが自分に対して言っているわけではないとわかったようだった。天井を見上げ、縦横に走るパイプに取り付けられた催涙ガスの噴射口のラベルのひとつが〝E―7〟であることに気づいた。

「ティーチャー！　E―7！」

その瞬間、楠の頭上から、ピンポイントでガスが噴射された。さすがティーチャー。デバイスは外されても、ここのシステムへの侵入は終わっていたのだろう。

豊川は身を翻すと出口に向かうが、楠が呻きながら乱射した銃弾に阻まれ、隣室のトレーニングルームに飛び込んだ。

「くそが！　殺してやる！」

赤く腫れ上がった眼球が落ちてしまうのではないかと思うくらいに目を見開きながら、楠は豊川の姿を探した。おそらく涙でほとんど視界はなく、本来なら目を開くことすら困難なはずだ。しかし乱射に近かった銃撃は、確実に豊川に向けられるようになっていた。

執念の成せる力かと思ったが、おそらくは催涙ガス噴射の瞬間、目を直撃から守ったのだろう。このままだと回復は早いかもしれない。

トレーニングルームで武器になるものはないかと探し、ベンチプレスのプレートが目についた。その中から十キロのものを掴むと、入ってきた楠に殴りかかった。

しかし、楠の目はしっかりと豊川を捉えていて、なんの迷いもなく銃口が豊川に向いた。

しまった！

咄嗟に摑んだプレートを自身の眼前に突き出すと、銃弾が跳ねて火花を散らした。しかし二発目はなかった。見ると銃のスライドが後退したままロックされている。弾切れだ。

豊川はプレートを叩きつけようとするが、楠は素早くかわしてタックルを仕掛けてきた。痩せた身体つきとは思えないほど力強いのは、身体をぶつけるスピードや角度、場所が的確だからだ。

ふたりは絡まりながら床に崩れ落ちる。楠は柔術が得意だった。関節を極められたら一気に破壊されてしまうだろう。

攻守が激しく入れ替わる。互いに腕を取ればそれを振り払い、手薄になった他の関節を摑み、それをまた払う。まるで終わりのない三目並べのようだった。

それでもやはり楠が上手《うわて》だった。楠は豊川の左手首を右手で摑むと、左腕を摑んだ豊川の腕の下に回して自らの右手首を摑みながら、豊川の背後に回り込む。四の字固めを腕に対して行うダブルリストロックという技で、テコの原理で肩関節や靭帯に強大な力が加わる。過去には腕が再生不能なまでに破壊された選手の例もある。

それを一瞬の隙を縫って、かけられてしまった。

ギリギリと体が捻られていく。しかし、豊川は逆らうのではなく、手首を捻って力のかかり具合を調整しながら、その時を待った。

ググッ、と猛獣が唸るような音が響いたあと、雑巾で包んだ木の枝をへし折るような音が鳴った。

豊川を電気ショックのような感覚が襲ったが、この瞬間を待っていた。

自衛隊時代、訓練で肩を脱臼してから癖がついたのか、自分でもこういう力のかかり具合をすれば左肩の関節が外れるというのがわかるようになっていた。

豊川は関節の可動範囲から自由になった上半身を回転させ、ガラ空きの楠の顔面に右肘打ちを叩き込んだ。それでも離さなかったので、何度も叩きつけた。

やがて自身の技の効果がないことに気づいた楠は後転して離れると、折れた鼻から吹き出す血に構うことなく、壁にかかった木刀を手に取った。そして大きく振りかぶると、一秒前まで豊川の頭があったところに叩きつけた。

豊川も木刀を掴んだものの、右手一本では襲いかかる楠の一閃を振り払うのが精一杯だった。

左肩の関節を再び元の位置にはめるのは、外すよりも難しい。特にひとりだと。

また楠が木刀を薙ぎ払ってきたが、かわしきれずに脇腹で受けてしまう。膝をついた豊川が見たのは、大きく振りかぶった楠だった。鼻から喉、そして胸元まで血だらけで、その形相はかつて豊川自身が形容された〝オゴオゴ〟を想起させた。

楠が振りかぶる。豊川は咄嗟に叫んだ。

「H—9!」

すると楠は反射的に身を屈めた。催涙ガスの噴射に対処する素早い反応だったが、そこに噴射口はない。

豊川はその隙をついて楠の足を払って転倒させると、壁に向かって走り、その勢いのまま左肩を叩きつける。

だが外れた関節は入らない。

振り返ると楠は、下手な手に引っかかってしまい、さらに怒りが増したのか、いびつに口角を歪めて木刀の切先を引き摺りながら、ゆっくりと近づいてくる。

豊川は、二度、三度と肩を叩きつけた。

くそっ、入れ！　入ってくれ！

楠がまた木刀を振り上げた時、身体中を激痛と気持ち悪い電流が駆け抜けた。そして、楠の一撃を両手で持った木刀でしっかりと受け止めた。

クロスする二本の木刀を挟んで、豊川と楠は鼻がつきそうになるほどに顔を近づけた。楠の荒い鼻息に合わせて飛び散る血が、豊川の顔面に赤い斑点をつくっていった。

突然、磁石が反発するように二人は離れた。そしてそれぞれが構えを取る。

楠は半身になり、右肩に木刀を担ぎ、広げた左の手のひらを前に突き出す『担肩刀勢』という構えだ。誘いと攻撃を同時に行う構えで、格好をつけるだけなら誰でもできるが、使いこなすには高度な技量が必要だ。そして楠はそれを使いこなすことができるのだろう。

対する豊川は、かつて所属した部隊の隊長が新陰流の師範で、その手ほどきを訓練の合間に受けただけの技量、正式に道場に通ったわけではない。

中段に構えた豊川だったが、前に伸ばした楠の左腕が邪魔だった。これは真剣での立ち回りを想定したものではなく、あくまでも木刀での戦いに特化した戦法だからだ。つまり、「切った・切られた」をシミュレーションするための木刀勝負ではなく、木刀により殴り殺すための戦いだ。

真剣を素手で摑むということはないが、これ以上不用意に近づけば、楠は木刀の切先を摑み、右腕を振り下ろしてくるに違いない。

豊川は気取られないように、深く息を吐き出した。

楠が右足のバネを弾いて、一瞬で間合いを詰めた。それと同時に木刀が振り下ろされる。豊川は手首を肩の位置まで持ち上げると、大きく捻って切先を下げ、身体の左側に沿わせて攻撃を受け流した。そのまま手首を戻しながら切り込むが、楠はそれを豊川の予想とは逆の左側にいなして、ガラ空きの豊川の顔面に柄頭を叩きつける。よろけたところを間髪容れず木刀を前頸部に突き刺したが、辛うじて掠める程度でかわした。

真剣なら頸動脈を裂かれて死んでいるだろう。楠は歪な笑みを湛えた。

また踏み込んできた。ゆるい上段攻撃を二度打ち込んでくる。フェイントだとわかっていても、素早く右上から薙いでくる攻撃を受け止められない。

左腕の力が入らず、防御しようにも押し込まれてしまう。おそらく、楠はそれを知った上で攻撃をしかけているのだろう。

空いた右脇を狙われた。ふざけたように、半分笑いながら、野球選手がバットをフルスイングするようだった。

みしり、と肋骨が歪んだ。

なんとか距離を取る。楠も追い討ちはしてこなかった。なぶり殺しのターゲットたる豊川を追い詰めるごとに、至福の表情を見せた。

そろそろ、とどめを狙ってくるだろう。

激しい攻撃を仕掛け、倒れたところを、頭部めがけて何度も木刀を振り下ろす。豊川の顔のかたちがなくなるまで、頭蓋骨を完全に砕く——そんなイメージがリアルに湧いた。

ここまでか。

そう思ったとき、ふと思い出した。

自分より小柄な上官に、面を打ち込まれる事が幾度もあった。『自分よりリーチの長い相手と戦う新陰流の極意だ』と笑っていた。

実戦では試した事がなかったが、やるしかない。楠は豊川より五センチは高い。

豊川はふうっと息を吐き、右足を下げながら右手首を回して木刀を二度回転させる。

そして中段で構えてから肩に担ぐ。

この時、左太刀と呼ばれる握り方に変えていた。通常は右手が前、左手を後ろに持って構えるが、これを逆に握るというものだ。

豊川は呼吸を整え、やや距離を取った。

楠はそれを逃げと受け取ったようだ。口角を歪めながら弓を構えるように、木刀を大きく引いた。そのバネで強大な力をのせて叩きつけ、防御を粉砕するつもりだろう。

しかし、豊川に防御するつもりはなかった。

タイミングが全てだ。

楠の右足の筋肉、靭帯が緊張している。左足にはほぼ体重はかかっていない。そして床と水平に、滑るように前に出た。

豊川はこの機を逃さず、右足を前に踏み込みながら木刀を大きく振り下ろすが、この時、左手は離れ、柄の端ぎりぎりを、利き腕である右手一本で握っている。つまり、それだけ攻撃が相手よりも早く到達する。

豊川の振り下ろした木刀の切先が楠の額にめり込んだ時、楠の木刀はまだ頂点にも達していなかった。そして素早く左手を添えると、左側頭部から後頭部にかけて切り返した。

この時点で意識はなくなっていたはずだ。しかしそれでも楠は踏みとどまった。そして執念だけで振り返り、木刀を構えた。

そのまま倒れてくれたら、それ以上の追い討ちは避けたかもしれない。しかし、力はなくとも、白目をむいたまま斬り込んでこられたので打ち返すしかなかった。

ふたたび頭頂部に木刀を振り下ろした。頭蓋骨がぐしゃりと変形するいやな感触が両手に伝わり、楠はもんどり打って倒れた。しばらく左足が痙攣していたが、それも止まった。

豊川は木刀を腰元に収めながら、両足を揃える。そして小さく礼をして、かつての戦友に別れを告げた。


「ティーチャー、かたがついた」

『そう……あなたが無事でよかったわ』

豊川は周囲を見渡しながら言った。

「しかしデバイスが見つからない」

『わかった、もういいわ。データベースにはハッキングできないけど、そこのシステムには入れたし』

眉根を寄せる。

「もういいとは？」

『ブラックゾーンはそこだけじゃない。きっと他にラボのような場所もあるんでしょう。でもそれどころじゃなくなった』

「これ以上、どんな悪いケースがあるんだ」

『あいつらが、こっちのシステムを解析するためのおとり目的であってもデバイスを接続しておいてくれたおかげで分かったことがあるの。とりあえず、シアター横のカジノエリアまで戻ってきて。そこに朱梨がいる』

「どのルートで戻ればいいんだ」

『最短コースで戻ってきて。途中に敵はいないから』

「どういうことだ？」

『シアターの一部を除いて、大半はすでに脱出してる』

「なんだって？」

豊川は拳銃を拾うと、階段に向かって走り出した。

『船は、いまは自動操舵で動いている。向かう先は関西国際空港よ』

「関空？　なんで」

そして気づいた。

「あの爆薬は、船を沈めるものじゃなかった？」

『結果的に船は沈むだろうけど、船底以外にも爆薬はあったの。端的に言えば、その船は、巨大なミサイルよ』

「それで、大阪湾につき出た関空を攻撃するつもりなのか？」

『ええ、大阪府政を握るひとたちもろともね』

廊下へ飛び出し、大階段を駆け上がった。

「しかし、被害を出したいなら、関空じゃなくても大阪湾にコンビナート群があるだろ」

『奴らが狙っているのはそこじゃない。セクター7よ』

「なんなんだ、それは――」

そこまで言って階段を上り切ったとき、横たわる工作員の死体が現れた。どうやらライフルも拳銃も奪われているようだった。

朱梨だなと直感し、豊川はほくそ笑む。

ふと見ると、各部屋のドアが開け放たれていた。工作員が侵入者を捜索したのだろう。おそらくそれが朱梨で、返り討ちにされたということか。

そう思いながら廊下を進み、角を曲がった時、ライフルを持つ工作員ふたりと鉢合わせた。

手前の男はM4ライフルを肩にかけていたが、出会い頭のことで反応できず動きを止めていた。豊川は工作員のそれを摑むと、背後に回り込みながらストラップを捻り、背中に乗せるような格好で首を締め上げた。

そして、そのまま引き金を引いてもう一人の工作員に対して三連射を浴びせ、無力化する。

背負った工作員が暴れながらナイフを引き抜いたのが見えたので、豊川は背負い投げの要領で前に投げ飛ばすと、腰から拳銃を抜いて額を撃ち抜いた。

『なにかあった？』

敵は撤収したのではないか、と文句を言いたくなったが、『大半はと言ったでしょ』と返されそうだったのでやめておいた。

「なんでもない」

豊川はライフルを奪い、拳銃の9ミリ弾も回収すると、カジノに向かった。

ポーカーテーブルの陰に隠れていた朱梨は、侵入者が豊川とわかって顔を出したが、濡れねずみの全身に怪訝な表情を向けた。

「なんでびしょ濡れなの？」

「ティーチャーのせいだ」

実は、ここにくるまでに二度、敵と遭遇した。

工作員四人と交戦したとき、豊川は屋上まで追い詰められ、ウォータースライダーに飛び込んで逃走した。

季節はずれだが、南洋を航行してきたせいか、プールには水が張ってあったのだ。

「お前、敵を倒したら、死体を見つけられないように隠すのは基本だぞ。警戒がきびしくなるだろうが。基礎だぞ、基礎」

朱梨が持つライフルを見ながら言った。

「え、あたしはそうしてるけど？」

負け惜しみか。通路に死体が転がってたじゃないか。そう思っているとティーチャー

「なんでもない。それで、セクター７がどうした」

『セクター７は、中国が大阪を七番目の自治区化することだと思っていたけど、そうじゃない』

「ミャンマーみたいに支配下におくことじゃなかったのか？」

『それもある。でも正確には、近畿七府県をひとまとめにして支配することよ』

豊川は朱梨と顔を見合わせた。

「それで救民党か……」

朱梨がつぶやいた。

『そうなの。大阪で立ち上がった救民党は府民からの絶大な支持を得て議席を急激に伸ばしてきた。いまでは近畿七府県の知事は全て救民党だし、議席数も与党を上回っている』

朱梨は何度も頷いた。

「沢木府知事と大阪市長は救民党の立ち上げメンバーで、府知事は党首も務めている。当初は大阪府政を担うことを目的としていたけど、今や国会議員を輩出するほどに成長した。その影には、与党から離れた神田幸太郎が幹事長になったことが大きいけれど、まさか……」

『おそらくそう。ミャンマーのPPP撤退の件、中国が日本を追い出したのではなく、日本政府が撤退を決めたって話、覚えている?』

「ああ」

『その圧力をかけた政治家が、神田幹事長なのよ』

「なに⁉」

『彼は浸透計画の一員で、いまは救民党を影から操っている。今回のテロで救民党の幹部を抹殺して、息のかかった者と総入れ替えを狙っているのだと思う。さらに、鉄壁のセキュリティを誇る国際空港がテロによって被害を受けるとなれば、大阪の威信は崩れ、地価は下落する。日本円も暴落するかもしれない。そこに大規模な中国マネーを投入して土地を買い占めれば、浸透計画支配下の巨大経済圏——特別自治区のできあがりよ。復興にも中国資本が入って影響力を強める。これは浸透計画がミャンマーで使ったのと同じ手口』

朱梨は唸った。

「府知事と市長がテロで死ぬなんてことになったら、次の選挙で同情票が入って、きっと救民党の圧勝になる。テロはよくわからない組織の仕業で片がつくし」

「それも計算ずくか……連中は、この企みのためにミャンマーのPPP関係者を抹殺したのか」

『あなたのレポートをきっかけに調査を進めれば、PPP撤退の圧力をかけたのが神田幹事長だとわかるし、そんな人物が救民党を急成長させたとなれば、彼らが推進するIR構想にも影響しかねない。計画が最終段階だから、あらゆるリスクを排除したかったんでしょう。今回のテロを成功させて水面下での自治区化を達成した暁には中央政権からの独立も視野に入れているんだと思う。なんなら合併もあるかも』

「そんなことが可能なのか?」

『ええ。現在も全国を十程度の地域に分割し、地方政治を広域化する道州制についての論議が進んでいる。この推進に浸透計画の息がかかった者が絡んでいたら、あながちあり得ない話ではないわ』

豊川はおもわず瞑目した。

浸透計画と関わる前なら、荒唐無稽だと笑い飛ばせただろうが、いまでは実現可能なシナリオに思えてくる。

「いきなりそこまでいかなくても、中国のために経済特区をつくるくらいなら楽勝でしょ。推進議員が浸透計画の意のままに動かされていたらすぐに話は進むし、住民投票においても、在留期間の要件を付けずに投票権を認める条例をつくることもできる。それはセクター7への足がかりになり得るわ」

時代に合わせて変革をするのはいいが、浸透計画の意のままに事が進んでいるとしたら、危機感を覚えずにはいられなかった。

「日本政府はテロの意図を把握してるのか?」

『わからない。でも、関空テロに気づいているとしたら、究極の選択を迫られるわ。この船を撃沈するかどうかのね』

豊川は頷いた。アメリカ政府にテロリスト釈放の要求を出しているということは、在日アメリカ軍が動くだろう。そしてテロには屈しないという意思を示している以上、要求を呑むことはない。

あとは、要求を呑まない場合と、撃沈して関空を守った時のメリットデメリットを天秤にかけることになる。

いずれにしろ、日本国民を見殺しにしたと、日米双方へ強い批判が出るだろうし、アメリカ離れに世論は動くかもしれない。

「特殊部隊が潜入して制圧するというシナリオは？」

『現在、その船から一キロ以内に侵入する船舶、航空機があった場合、ただちに爆破するとテロリスト側は言っているから、やるとしたら潜水チームになるだろうけど、時速四十キロ近いスピードで航行する船のコースを読んで、圏外で待ちかまえるのは難しいかもね』

「ならば、俺たちがすべきことはシンプルだ。乗客を救い、関空テロを阻止する。策はあるのか」

『現在、シアター内にいる工作員は六人。それももうすぐ離脱するはずよ。操舵室には誰もおらず、高精度のGPS誘導で進んでいる。私はこれをなんとか制御してみる。あなたたちは人質の解放』

「簡単に言うな！」

朱梨が吐き捨てると、ティーチャーが最後まで話を聞けとばかりに言う。

『いまはまだ、シアター内は催眠ガスが充満している。私はこれを強制排気させる。乗客が目を覚まし始めて、工作員たちも慌てるはず。その隙を狙って。そして皆を救命ボートに乗せて離船させる』

そんなにうまくいくかあやしいが、他に選択肢などなかった。

「了解した。さっそくかかってくれ」


シアター前のロビーに見張りが二人いた。豊川はクロークに移動して朱梨のタイミングを待った。

「すいませーん、迷っちゃってー。ちょっと遅れたけど、まだ入れる？」

朱梨は謎の酔っ払いを演じながら、反対方向から近づいてきた。ツナギの前面を大きく開いて、油断だらけの女を演出している。

工作員らは、近づくものは全て排除しろと厳命されているのか、すぐにライフルを構えたが、それでも妙な色気を放つ女に躊躇したその一瞬だけで、豊川には十分な時間だった。

二人とも朱梨を注視していたが、後ろにいた工作員の背後から接近し、左手で口を押さえ、右手のナイフで頸動脈を切断する。

あわてたもう一人の工作員が豊川を振り返ったが、その瞬間、猫のような滑らかな動きで接近した朱梨に、首をひねられ、糸が切れた操り人形のようにその場に崩れ落ちた。

二人で頷き合い、それぞれが別のドアの前で待機した。

「ティーチャー、排気の具合はどうだ」

『何人かが身を捩り始めているから、催眠ガスの効果は薄れ始めているんだと思う。でもいま突入したら、あなたたちも寝ちゃうから、あと数分待って』

豊川はライフルと拳銃を確認し、朱梨と頷き合う。それから豊川は右舷側、朱梨は左舷側のドアに張り付き、ティーチャーの合図を待った。

『ガスの影響はほぼ消えたみたい。多くの乗客が目を覚ましはじめていてカオスになりそう。敵は五人、中央通路に一、左舷右舷側の通路にそれぞれ二。くれぐれも乗客に当てないよう気をつけて』

「了解、十秒後にライトを落として、非常灯にしてくれ」

『カウントダウンいくわよ』

豊川は目を閉じた。明暗の変化に備えるためだ。

『5、4、3、2、1――今!』

バタン、と照明が落ちる音につづいて悲鳴に似た声が聞こえたのを合図に、ドアを開けた。

目の前に一人。巻き添えを防ぐために、三点バースト射撃で確実に仕留める。倒れた工作員を乗り越え、困惑気味の工作員二人目を同じく無力化する。

視界の端に、朱梨も同じペースで進んでいるのが映った。

ここで乗客の一部が、テロリストが死んでいること、また背後のドアが開いていることに気づいて悲鳴を上げながら、おぼつかない足どりで走り出した。

もし残りの工作員が乱射すれば大惨事になる。

出口に殺到する人達に逆らいながら、最後の工作員を探した。

ステージ前にいた女が転倒し、後から来る人たちに踏まれていく。手を差し伸べようとしたとき、スーツ姿の男が気づいて女を引き起こしたが、その男の首に後ろから工作員の左腕が巻き付いた。

豊川は思わず舌打ちをした。

その右手にはリモコンが握られており、身体には爆弾が巻きつけられていたからだ。

工作員は豊川の正面、約十五メートル先にいて、朱梨は豊川から見て斜め左、犯人の右側に位置している。

工作員は、「来るな！」とか「銃を置け！」などと要求はしてこない。つまり、はじめから死ぬつもりなのだろう。

「おい、とりあえずクールにいこう」

豊川はライフルを左手で肩に押し付けて構えたまま、右手を離して手のひらを広げて見せた。

しかし、工作員に変化はない。ただブツブツとなにかを呟いている。なにを言っているのか、そもそも何語なのかも聞き取れなかったが、まるで、自爆の前に神に祈りを捧げているようだった。右手に握りしめたスイッチを、いつ押してもおかしくはない。

工作員は人質の男の頭を引き寄せているため、頭は半分しか見えない。

豊川が覗き込むライフルのドットサイト照準器の中では、一点の赤い光が着弾点である工作員の右目の上あたりを示しているが、正確に撃ち抜いたとしても、弾丸の速度は神経伝達速度よりは遅い。完全に脳が機能停止するよりも前にスイッチを押される危険性があった。

朱梨からは撃てないか、と視線を動かして見ると、目を合わせた朱梨は、小さく頷き、そしてライフルを床に置いた。

うそだろ……。

その意図を悟り、豊川は背筋に氷が伝ったような気がした。しかし打開策はそれしかない、と同意した。

静かに深く呼吸をすると、右手をグリップに戻し、赤いドットを工作員の頭部右側に合わせた。そして息を止め、合図を待った。

どんな人間でも、その瞬間は平常心ではいられない。死ぬという行為は経験を積んで慣れることができないからだ。

必ず兆候がある。その瞬間が合図だ。

犯人の呟きが、一瞬震えた。

脳から電気信号が発せられ、肩から始まった筋肉の緊張がボタンにかかる親指に向かって走っていく――。

豊川は人差し指を引き金に添えた。

朱梨がふわりと飛んだのが視界の端に映る。すべてがスローモーションのようだった。早すぎても、遅すぎても失敗する。縮まっていく朱梨と犯人の距離、引き金の遊び具合とその重さ、そして弾丸の射出速度……。

全てを加味して、豊川は人差し指に力を込め、弾丸は飛翔した。

〇・一秒にも満たない速度で、それは犯人の右脳を吹き飛ばした。しかし、腕に残された電気信号は筋肉を伝わり続け、親指は押し込まれた。それはまるで、司令部が壊滅しても、撤退の命令を受けない限り戦い続ける最前線の兵士のようでもあった。

工作員は右手を握りながら倒れた。

だが、起爆スイッチは朱梨の手の中にあった。

豊川のヘッドショットの瞬間、起爆スイッチを奪っていたのだ。

朱梨はそれを慎重に扱い、爆弾本体との接続を絶った。

「セキュア」

朱梨が言い、豊川は体内の酸素全てを吐き尽くすようなため息をついて、思わず片膝をついた。

それから人質になっていた男に声をかける。

「怪我はありませんか」

立ち上がって近付くと、その男は尻もちをついたまま後退った。敵味方が判別できなかったのだろう。

顔色は青いが、怪我はなさそうだった。なにしろ犯人の顔の半分はこの男の顔で隠れていたのだ。弾丸は当たらなくても、その衝撃波で皮膚を薄く裂いていてもおかしくなかった。

男はようやく落ち着いたのか、乾いた声を振り絞った。

「あ、あの……ありがとう、ございます。それから、あなたも」

朱梨は男の背中越しに手を振って応える。

「恐い思いをさせてすいませんでした。さ、早く脱出してください」

男は頷き、豊川の手を借りて立ち上がった。その時、朱梨の横顔を見て目を見開いた。

「えっ！　詰田……さん……ですか？」

思えば、これまでずっと背を向けていた朱梨が振り向くと、観念したような笑みを見せた。

「ご無事でなによりでした、沢木知事」

豊川は驚き、一歩下がって改めて男の顔を覗き込んだ。確かに、沢木大阪府知事だった。

「いったい、どういうことなんですか」

マスコミの前では常に堂々とした態度だが、特別秘書の女が黒いツナギを着てライフルを持っていれば、さすがに動揺する。

「お話は歩きながらお願いします。この船は沈みますので」

なにを言われてもこれ以上は驚けないといった表情の沢木と共に、無人となったシアターを出る。

救命ボートのある場所に向かいながら、手短に事情を説明した。

沢木にとっては、浸透計画だの関空テロだの、理解しがたい言葉が次々と浴びせられることになったが、どんな現実であっても、実際に、その真っただ中に居合わせたことが、論理的に思考することの助けになったようだ。

大阪をはじめとする周辺エリアが水面下で占領されるというセクター7のくだりは、特に強く奥歯を嚙んでいた。

「私が府知事でいるかぎり、そんなことはさせません」

力強い言葉だったが、すぐに思い直したようだ。

「関西圏の占領……。本当にやるつもりなんですか」

「何十年も前から進められてきた計画です。既に政界や中央省庁にも息の掛かった者が潜りこんでいます。粛々と、着実に物事は動いていると思っていいです」

「まさか、ウチの中にも……ですか」

言い換えれば、救民党にもいるのか、ということだ。朱梨が言った。

「IRの件もそうだけど、最近の府政、というか救民党の動きはちょっとおかしいよ」

「え、おかしいって？」

沢木は聞き捨てならないとばかり、こんな状況でも新聞記者に立ち向かう時のような顔になる。

「IRの建設、中国がからんでいるでしょ」

「ゼネコンには入ってもらっているけど、労働力の確保のためには少しくらいいても……」

「少しじゃないわよ」

「利権のことをいいたいのか？」

「利権？　そんな次元じゃない。重要なセキュリティ、インフラを請け負う企業は、すべてその背後には浸透計画がいる。そして将来のセクター7の構築に向けられているの。あなたは、近いうちに起こることに目を尖らせているだけ。もっと広く、もっと先まで見通さないと、本質を見失うわ」

思わぬ論客の出現に戸惑うように、沢木はため息をついた。ライフルを持った女秘書に言われれば、内省しないわけにはいかない。

「初期の救民党みたいに、地域密着でやっていれば、あなたの理想を追求できたでしょうに。手を広げすぎたのよ」

「もちろん、そうしたかったんだが、神田幹事長が……」

沢木の顔から血の気がひいた。

「まさか」

豊川は朱梨とうなずき合った。

幹事長である神田が、セクター7構築のために浸透計画によって大阪に遣わされたという確証はない。

ただ、不自然な与党離党やセクター7計画がここまで段取りされているのは、神田が救民党の舵取りをするようになってからだとも言える。

「我々がこのテロを防いで、セクター7計画を頓挫させたとする。そしてその後、もし、神田幹事長が不慮の事故で死ぬようなことがあったら、そうだったということ——あ、ちょっと失礼」

朱梨は沢木の襟首を摑んで背後に引き回すと、インフォメーションと書かれた窓ガラスに向かって三発を撃ち込んだ。砕け散ったガラスと共に、銃を持った工作員が崩れ落ちてきた。

「で、なんだっけ？」

日常の風景とでもいう雰囲気の豊川と朱梨に、沢木は深いため息をついた。

「私は……どうすれば」

神に救いを求める、迷える信者のようだった。

「とりあえず、バカなフリをしてててください」

豊川がそう言うと、沢木はしばらく固まったが、やがて理解したようだった。

「いまひとりでなにかをしようとしても潰されるだけです。暗殺されるかもしれない。それより、なにも知らないフリをして連中の動きを観察し、見極める。その情報が将来、浸透計画と戦う武器になります」

沢木は、現実を咀嚼するようになんども頷いた。

「わかりました。もっと広く、もっと先まで、ですね」

朱梨は、答えを求めるような沢木に、小さくウインクして見せた。

沢木が救命ボートに乗り移る人の列の最後尾に並ぶのを見届けると、豊川はティーチャーを呼び出した。

乗客の人的被害はこれで防ぐことができたが、課題があとひとつ残されている。

「よし。あとは関空への突入を阻止すればいい」

『そこなんだけど……』

「なんだよ」

『まず、爆破は止められない。起爆システムにアクセスできないから、遅かれ早かれ爆発する』

「遅かれ早かれって、何分後だよ」

『起爆には二つのトリガーがあって、関空に大ダメージをあたえられるＧＰＳポイントに到達した時がひとつ。万一、なんらかの妨害や故障でこれが作動しなかった場合に備えて、衝突予想時間もセットされている』

「つまり、この場で停止させたとしても時間が経てば爆発するということか」

爆発の規模はわからないが、関空にテロをしかけるくらいだ。かなりのものだろう。

『そうなんだけど、その停船ができない。機関室へのアクセスが無効化されていてハッキングができない』

「俺が操舵室に行って手動で制御できないのか？」

『無理ね。完全に自動システムに移行している』

くそっ、と悪態をついた。

残された選択肢はスクリューを物理的に破壊して陸に着く前に停船させるしかないが、その手段がない。それに、潮に流されて、工業地帯や人口密集地でタイマー起爆することは避けたい。

「なにか手はないのか」

すると、しばらく前から考え込んでいた朱梨が言った。

「ねえ、舵は制御できるんじゃないの？」

『いえ、そちらも完全にアクセスが切り離されていてタッチできない』

「ううん、舵をコントロールするわけじゃなくて、GPS情報をハッキングするの」

ティーチャーはしばらく黙って、その可能性について考えていたようだ。

『そうか……船のプログラムはGPS情報を受け取りながら進んでいる。だから、そのGPS信号を書き換えてしまえば誘導できるかもしれない』

「そうすれば、被害の少ない外洋で爆破できる」

システムを確認しているのか、またしばらく無言になった。

『いけるかも……。うん、やってみる価値はあるわね！　じゃあさっそく取り掛かるから、あなたたちも離船の準備を』

豊川は首を横に振る。

「まだだ。浸透計画の情報を得る必要がある。世間に公表しなければ」

『そんなこと言っても、時間がないのよ。それに、浸透計画のこれまでの進め方を考えると、沈める予定の船に重要な情報を残すような不用意なことをしているとは思えない。徹底してテロ集団〝欧州聖域戦線の夜明け〟に見せかけるはずよ』

「だが、お前らだって、自分の情報を消せなかった。これからも追われる日々が続く。それを止めたくないのか？」

朱梨が口を挟む。実情を知っているだけに、諦めの感情も混ざっていた。

「そうだけど、今回ははじめからそれはできなかったのよ。あたしの情報収集が足りなかった。それに公表しようにも、浸透計画はマスコミにも入り込んでいるのよ？」

「そうかもしれない。だが種を蒔かなければ芽は出ない。SNSでもチラシでもなんでもいい。国民が知れば、やがて大きなうねりになるはずだ」

朱梨は、なにをいっても無駄な頑固者を目の前にしたとばかりに、ため息をついた。ティーチャーも同じだったようだ。

『もう……。わかったわ。でもいつでも脱出できるようにしておいてよ。私はGPSを乗っ取る』

豊川は朱梨に向き直る。

「残っているひとがいないかどうかを確認してくれ。あとは避難作業が確実に進められているかどうかも」

「わかった。あんたは、あまり深追いしないで。生きていればチャンスはいくらでもある」

豊川と朱梨は二手に分かれた。


船が大きく傾き、豊川は廊下の壁に手をついた。進路を大きく変えたのだ。

「ティーチャーか?」

『ええ。GPS情報のオーバーライドに成功した。船のシステムは関空に向かっていると思っているけど、実際は友ヶ島水道から紀伊水道を抜けて外洋に出る。そこまでいけば、被害は出ない』

「時間は大丈夫なのか」

『問題はそこね。当初の計画では、衝突は一時間後だった。だから、GPS情報を操作して船の速度が落ちていることにするつもり』

「予定より遅れていると見せかけるのか」

『そう。全員が避難できていることを確認したら、フルスピードで南下させる。潮目も考慮すれば時速五十キロくらいで走れるはず』

「了解。朱梨、そっちはどうだ」

騒がしいノイズの後に朱梨の声が聞こえた。

『いま最後の乗客と船員を下ろした！』

「よし、じゃあ最大船速で南下させてくれ」

待って、と朱梨が言った。

『だけど、気になることがあるの。誰かが残っているのを見たっていう人が何人かいる』

「なんだって？　どこに？」

『救命ボートに乗る列に並んでいる時に、右舷側に人がいて、船員が追いかけたけど〝やることがあるから〟って言って姿を消したみたい』

豊川は腕時計を見た。まずは、この船の爆発による被害を最小限に抑えなければならない。そのためには一刻も早くスピードを上げて陸との距離をとりたい。そして民間人に一人の犠牲者も出したくない。計画を〝完全な失敗〟に追い込むことで、浸透計画にダメージを与えることができる。

「ティーチャーは船を外洋へ！　朱梨は脱出しろ。残った乗客は俺が探す」

『なに言ってんのよ。ふたりで探した方が――』

突然、船に衝撃が走った。

「爆発だ！　ティーチャー、まだ早いぞ！」

『私じゃない！』

また衝撃が伝わる。船底の方からだ。

「どうなっているんだ！」

『このタイミングで爆発するプログラムなんてない！　誰かが手動で起爆している！　すぐに逃げて』

「ティーチャー、最大船速！　朱梨はボートに乗れ！　俺もすぐに出る！」

そうは言ったが、目撃された人物が乗客だった場合はギリギリまで捜索するし、もしその人物が手動で爆破しているのならそれをやめさせなければならない。

それはふたりにもわかっているようだった。

船が大きく速度を上げた。

「ティーチャー、ありがとう」

『うるさい。さっさと探して脱出しなさい。朱梨も。その男はひとりでもなんとかするから』

『了解。豊川、いいの？　あたしをひとりで行かせて。もう会えないかもよ？』

「お前は器用だから、俺以上にひとりでなんとかできるだろ」

『そうね。でも、海保やら自衛隊やらが出張ってきているわよ。うっかり救助されたら指名手配中のあんたは面倒でしょ。ちゃんと逃げてね』

「了解――」

また爆発。今度は上階だった。

「ティーチャー、俺は……。ティーチャー？」

いまの爆発で部屋にセットした通信機が破壊されたのだろう。なんの応答もなかった。

豊川はイヤホンを外すと、中央管理棟に向かった。

エレベーターのボタンを連打するが、反応しなかった。船体が歪んで開きづらくなっていた非常扉を体当たりで押し開け、階段を駆け下りる。

船は徐々に傾き始めていて、階段を降りることがだんだん難しくなっていく。見た目と重力のかかり方が一致していないからだ。

なんとか起爆装置があったB2まで降りてきたが、それより先はすでに浸水していた。ドアもその水圧で開かなかった。

豊川は壁を見上げ、非常階段の折り返しのあたりにメッシュのカバーが目に入った。

通気口だ。

それを無理やり引き剝がしてみると、ダクトが縦横に伸びているのが見えたが、ハリウッド映画のように大きくはなかった。

肩幅ギリギリで、ほふく前進しようにも高さがない。豊川は両手を前に投げ出し、手首や足首のわずかな可動域を使ってうつ伏せで進み始めた。五メートルほど進んだところに編み目の四角い通気口があった。そこから配電盤が整然と並んでいるのが見える。

すでにフロアは腰下あたりまで水位がありそうだ。

すると、不意に死体が浮いているのが見えてギョッとした。しかしよく見れば朱梨が倒した工作員だった。

場所はここで間違いない。あとは無人かどうかだったが、ここからは見えなかった。

この排気ダクトからなんとか出れないか。

そうしているうちに、バチン！　バチン！　と銃声がして、二メートルほど先に穴が空いた。

やはり工作員が残っていて気配を悟られたのだ。しかしバンザイをしたうつ伏せの格好の豊川には前進も後退も困難で、素早い回避などできない。

また銃痕が空いた。今度は伸ばした両手の間だった。

このままだと、この狭い排気ダクトの中で死ぬことになる。

豊川は手足にありったけの力を込めて背中を突き出す。

バチン！　バチン！　と、ついさきほどまで額があったところに穴が空く。

くそうっ！

さらに力を込めた瞬間、排気ダクトが縦方向に裂け、豊川は冷たい海水で覆われた床に落下した。

海水のおかげで落下の衝撃は吸収されたが、水面に出した顔前にＡＲ-15ライフルの銃口が当てられていた。

その男は、楠だった。

生きていたのか……。

膝まで海水に浸っている。頭部は割れ、片目が開かないのか、右目だけを見開いていたが、この奇妙な再会を喜んでいるようだった。

ただ一言も発することなく、銃口を向けたまま左手に持っていた起爆装置のスイッチを押した。

船尾方向から爆発音、そして衝撃波が襲い部屋の水面を波立てた。

「やめろ！」

無駄であることはわかっているが、言わないわけにはいかなかった。

最後の乗客が楠だったとわかっていたら、さっさと離船していた。

『ほら見たことか！』と朱梨の声が聞こえた気がした。

「船を爆破しても無駄だ。乗客乗員は全て避難した。お前たちの計画は失敗だ」

楠は無表情でまたスイッチを操作する。

今度はすぐ近くで爆発したようだ。叩きつけてくる空気に鼓膜が震える。そして浸入してくる海水も勢いを増した気がした。

「意味は……ある」

楠はそれしか言わなかったが、豊川にはわかった。

「俺の息の根を止めることができるなら本望ってか」

楠はにやりと笑った。

「そこまで俺が憎いのか。それとも単に道連れがほしいのか？」

楠が口を大きく開くと、大量の血と唾液が溢れ出てきて、その声が聞き取れないほどだった。

もうほとんど屍じゃないか……。

豊川は哀れみすら感じた。

浸透計画の一員だったとしても、共に厳しい訓練を乗りこえてきた仲間でもあった。

憎しみの感情は、楠を超えて、浸透計画そのものに向かっていく。

「なあ、浸透計画はお前になにをくれたんだ？　使い捨てのコマくらいにしか考えられていないんじゃないか？」

楠の目が揺らいだように見えた。

「俺に対する想いはあるだろうが、ここは一緒に戦わないか？　かつてのように」

すると楠は手にしたライフルをだらりと下げた。俯き、嗚咽するように肩を震わせた。

「この先、浸透計画から離れて自由に生きたっていい。お前が望むなら、俺はお前の前には二度と現れない。なあ、それはここを出てから考えればいい。時間はいくらでもある」

楠は、また頷いた。

ひざまずいていた豊川のすぐ顎下まで水位が上がっていた。ゆっくりと立ち上がり、手を差し伸べた。

「行こう」

「恨んでいないのか、俺を」

「恨むべきは、浸透計画だ」

楠がライフルを捨て、顔を上げた。はじめて見る笑顔だった。

「ああ、一緒に――」

両目が開いた。閉じていた左目は、真っ赤に充血していて、黒目がわからないほどだった。

次の瞬間、差し出した手を思い切り叩かれた――ような気がした。握手をするかと思った楠の右手には拳銃が握られていて、豊川は手のひらを撃ち抜かれていた。

「ぶぁーかぁー！　一緒には逝くが、行き先が違ぇよ！」

額を向く銃口。もう豊川にできることはなかった。

一瞬、芽衣の顔が浮かんだ。そして、銃声を聞いた。

楠がゆっくりと鬼の形相を浮かべたまま倒れ、水面を赤く染めていった。

なにが起こったのか——見ると、豊川が落下した排気ダクトから半身を出し、両手で銃を構える男がいた。

「曽根さん⁉」

下船したはずの曽根がそこにいた。

「細かいことはあとだ。ドアは使えない。そこの配電盤に登れるか？」

豊川は振り返る。ドアの隙間からは海水が勢いよく噴き出していた。

「この手では無理ですが、すぐに水位が上がるはずなので、そのタイミングで」

「わかった。ちょっと待ってろ」

曽根が引っ込んだあと、排気ダクトからロープが垂れ下がった。

豊川は水位の上昇に合わせて配電盤に登るとロープを摑んだ。その先で曽根が引っ張ってくれたおかげで、自分で這うよりもずいぶん早く通り抜けることができた。最後は曽根に抱え込まれるようにして排気ダクトから出た。

水飛沫が上がる。階段の踊り場まで、海水が上がってきていた。

「まったく、手に穴が開いちまってるじゃねえか」

曽根はジャケットのポケットから、行きつけの銭湯なのか、〝大黒湯〟とプリントされた手拭いを抜き取ると、豊川の手のひらに巻きつけた。

「どうしてここに？」

「そりゃ、怪しいからだ。この船がさ」

曽根は乗船した際、胸に拳銃を隠した船員を見たという。はじめは職業病からくる見間違いかと思ったが、豊川と再会し、確信した。先のスカイツリーの一件もあり、妻だけを下船させ、自分は戻ってきたという。

「ひょっとして、工作員を倒しましたか？」

「ああ、ずいぶん失礼なやつでな、いきなりライフルを突きつけてきたものだから。でも正当防衛だからな」

こともなげに言い放ち、それから豊川の顔を見て呆れ顔になった。

「おいおい、信じられないってか。こんな老いぼれが工作員を倒せるわけがないって？」

「そんなことは……」

少しだけ思った。

「これでも柔道は赤帯だぞ」

その時、また爆発音が響いた。それも連続で。さっき這い出てきた排気ダクトからも大量の海水が噴き出していた。

「こりゃ、時間がないな。歩けるか」

「はい、大丈夫です」

二人は最上部を目指して非常階段を上り始めた。

幾度も爆発による振動が襲い、壁のパネルや鉄パイプが落下してきて、行く手を阻んだ。

「ここから出られそうだ」

すでにドアが開け放たれていて、レストランの厨房に繋がっていた。もう船は二十度前後まで傾いており、床は割れた食器やグラスなどで溢れていた。さらに続く爆発により今度は前方が一気に持ち上がり、ナイフやフォークが襲ってきた。

「もう少しで救命ボートがあるはずだ」

突然、床が割れ、そこから炎が吹き上がった。そして電源が落ちる。

「船が分解するぞ！」

よじ登るようにして廊下に出た曽根は、豊川に手を差し伸べてきた。その時、突然、曽根の背後に敵が現れた。逆手に持ったナイフを振りかぶり、曽根に突き刺そうとした。

豊川は咄嗟に手を離した。滑り落ちながら左手で拳銃を抜き、敵を撃つ。銃弾は曽根の耳元を掠め、敵の眉間を撃ち抜いた。

豊川は再び厨房の入口付近まで落下した。

「先に行ってください！」

「ばかやろう！」

曽根は、銃弾が掠めた耳をなんども触りながら言った。

際どいところを左手で撃ったことに対する『ばかやろう』なのかと思ったが、そうではなかった。

手摺りをつかんで、豊川の方に戻ってこようとしていた。

「すぐに行きますから！　救命ボートの準備をしておいてください」

曽根は躊躇しながらも頷いた。

「早くこいよ！」

豊川は、さらに傾斜がきつくなったレストランの床を這うようにして登った。作業台だけは固定されていたので、それを足がかりに進む。

ようやく厨房を出ると、曽根が戻ってきた。

「だめだ。救命ボートが吊るされていたフロアは完全に水没してしまっている」

「ならば、救命胴衣を着て飛び込むしかないですね」

「このくそ寒い日に、まったく。どうして俺はクルーズ船なんかに乗ってしまったんだろうな」

「おかげで私は助かりましたが」

「今度貸しは返してもらうからな」

外の空気を吸った時、豊川は安堵したが、困難はこの先にも待ち構えている。

船は船首を持ち上げるような形で、その半分くらいが海中に没していた。空は暗く、冷たい風が吹きつけていた。

「くそう、どこに救助隊はいやがるんだ」

曽根が手摺りに腕を巻きつけて身体を固定し、周辺を見渡しながら言った。

海上保安庁が駆けつけてくれるだろうが、このまま船が完全に沈んでしまえば、暗闇の高波に漂う二人の人間を見つけられるかどうかわからない。この海水温なら、おそらく三十分ほどで意識を失ってしまうだろう。

しかし、船の沈下速度は上がっていく。一分で一メートル、そのペースすら早めながら、二人は船首方向に追い詰められていった。

「海中に引き込まれないように、いまのうちに行くぞ」

曽根は救命胴衣の紐をしっかりと結び、心臓のあたりを強く叩いて見せた。

「浮遊物があればそれにつかまりましょう。海保に見つけてもらいやすくなります」

「了解、くそが！」

曽根は悪態をつきながら五メートル下の水面に飛んだ。豊川も後に続く。

海水の冷たさが電気ショックのように体を貫いた。船の沈下による水流で攪拌されて沈んだが、救命胴衣の浮力で海面に持ち上げられ船の沈下に巻き込まれないよう全速力で泳いで離れる。

見上げたクリスタルホライゾンは、優美だったその舳先をわずかに突き出しているだけだったが、まるでシンクロナイズドスイミングの選手が、水面から高く上げた脚をスムーズに水中に引き戻すようにそれも見る間に海中に引き込まれていった。

そして、いまは何事もなかったかのようなニメートルほどのうねりに合わせて豊川は漂っているだけだった。


曽根は豊川から三十メートル離れたところにいた。すぐに向かおうとするも、なにしろ右手には穴が開いている。海水の塩分と冷たさで気が遠くなり、思うようには進めなかった。

結局、三分の二の距離を曽根が詰めてくれた。

「おい、大丈夫か。顔色が悪いぞ」

「まあ、気分はよくはないですね」

「だよなあ。どうせなら八月にやってほしかったがな。ここまできたら助けを待とうじゃないか」

「そうですね。あの――いまのうちに言っておきますが、ありがとうございました」

「なに言ってんだ。ここまで巻き込まれたんだ。裏でなにが起こっているのか、しっかりと説明してもらう必要があるからな。簡単にくたばるなよ」

自分から巻き込まれたのでは？　と言いたかったが口がうまく動かせなかった。奥歯が震え、全身の筋肉が緊張する。体温をキープできるだけの血量が不足しているようだ。すでに体の末端には行き届いておらず、まるで他人の指をつけているように感覚が希薄だった。

お互いの口数も、徐々に少なくなっていき、どれだけ波に漂っているのか、わからないくらい、意識が遠のいていった。

しかし、ふと足元をなにかが通り過ぎたような気がして、豊川はふっと目を開けた。魚でもいたか。それとも気のせいか。

また意識が遠のきそうになるが、目を開く。

「曽根さん！」

うつろな目をしていた曽根を揺すった。

「な、なんだ」

夢でも見ていたのか、目を瞬かせた。

「なにかいます」

周囲を見渡すが、巡視船や救難ヘリの姿は見えない。だが、これまで漂っていた海とは明らかに違っていた。

そのなにかは……下からやってくる！

それまでも波のうねりに合わせて上下していたが、明らかに異なる動きに変わった。大きな力で押し上げられ、山の斜面を滑り降りるように流される。

ライブハウスの重低音のように、ズシン、ズシンと振動が伝わってきた。そして、盛り上がった黒山を突き破って現れたのは——潜水艦だった。

五十メートルほど先にあるその物体を、現実のものとして受けるのは相当に難しいことだった。

唖然としていると、艦橋に人影が現れた。それはふたつ、みっつと増えていく。

サーチライトがこちらを照らし、拡声器から声が聞こえてきた。

『おーい、トヨちゃん。乗りたいかい?』

その声には聞き覚えがあった。

自衛隊統合幕僚監部に存在する極秘部隊『別班』に所属するタカと呼ばれる男で、先の東京テロを阻止した時にも東京スカイツリーで窮地を救ってくれた。

艦橋の下にある別のハッチも開き、そこからも人がわらわらと出てくると、たちまちゴムボートを膨らませて、こちらに向かってきた。

『まだ海水浴をしていたいかもしれないけど、クリスタルホライゾン号の爆薬が全て爆発したわけじゃないから、早くしてね』

タカさんの声はのんびりとしたものだったが、到着したゴムボートに乗る隊員の動きはテキパキとしていて、クリスタルホライゾンの危機がまだ去っていないことを感じさせた。

関空にダメージを与えられるほどの威力だ。楠が手動で爆破したのはその一部だったと言われても納得できた。

「アー・ユー・オーケー・サー?」

外国人? 自衛隊員ではない?

戸惑いながらボートに引き上げられ、アルミの保温シートを巻きつけられたが、曽根はどこか納得の表情をしているように思えた。


あらためて潜水艦を見やると、どことなく海上自衛隊保有の潜水艦と比べ、大柄だった。

原子力潜水艦——攻撃型、おそらくロサンゼルス級……。

そんなことを考えている間に、狭いハッチに押し込まれた。ふたりを収容すると、潜水艦はすぐに動き始めた。

狭い通路を抱えられるようにして治療室に運び込まれ、低体温対策のために備えられている温風ブランケットと酸素マスクをつけられた。

それに合わせて豊川の右手の治療が始められた。

熱を与えられた血液が体内を循環し始めたのが実感できて、ようやく生きた心地がした。

そこに、タカさんがひとりのアメリカ人と共に入ってきた。

「ウェルカム・トゥ・アッシュビル。ミスター・トヨカワ」

アッシュビルはアメリカ海軍の攻撃型原子力潜水艦で、母港はたしかグアムだった。

それにしても、親しげな笑みを見せる人物はどこかで見たことがあると思って記憶を探り、それが過去に会ったことがあり、ごく最近に話題に上がった人物だと分かって、酸素マスクを外した。

「アルフレッド・マイヤーズ大佐……？　でも、どうして」

かつて、豊川の部隊と模擬戦闘をしたデルタフォースのマイヤーズ大佐だった。いまはＣＩＡにいると聞いていたが、陸で戦う者同士が潜水艦の中で再会するというのも奇妙なことだと思った。

相変わらず人を食ったような表情のタカさんが、指さした。

「そこの人が知ってると思うけど」

指をさされた曽根が、まいったなあと頭を掻いた。

「ことの発端は、大阪で話題になったトレンチコートの男を追って、そこの御仁が向島署に来たことなんだ。俺はなんの情報も持っていなかったが、別れ際に『豊川に関する情報があったら知らせてほしい』と言われていたわけだ」

「それで、クルーズ船で私と会った後に、連絡したわけですか」

「正直な話、向島署で会った時は、情報があっても連絡するつもりはなかったんだ。ただ、あの船でお前と会って、大変なことが起こると思ってな。それで、大佐には〝船内には手出し無用〟の条件で教えたんだ」

タカさんがマイヤーズを見て、親指を立てて示す。

「〝欧州聖域戦線の夜明け〟なるテロ組織がアメリカに無理難題をふっかけてきただろう? それでアメリカ政府は近くにいたこのアッシュビルを現場に向かわせた。さらに、件のクルーズ船にトヨカワが乗っているとの情報が、曽根さんを通してCIAの『豊川担当』である、このマイヤーズ大佐にもたらされたわけだ」

「大佐は、ずっと私をマークしていたんですか?」

質問を理解したのか、マイヤーズはにやりと笑い、わかりやすい単語を使って言った。

「え、私にムカついていたと……?」

タカさんも愉快そうに顔を歪める。

「それは冗談だが、浸透計画が狙っているのは日本だけじゃない。むしろ、経済規模では日本は敵ではなくなっている。だからいまは日本を足がかりにアメリカの政治経済界も狙われているんだ。そこで我々はCIAと連携していた」

マイヤーズが話し、タカが通訳した。

「浸透計画のキーマンとして名前が上がっていたのがトヨカワという人物で、それがデルタを負かした豊川と同一人物だと知って、ずっと探していたそうだ。しかもその時の斥候役の楠が浸透計画の一員だということも摑んでいた」

船体が大きく傾き、マイヤーズとタカさんが頷き合った。

「ちょい待ち。攻撃態勢にはいった」

「攻撃?」

「そう。クリスタルホライゾンは、まだ巨大な爆発物を抱えている。一般船舶が航行しているところで爆発されたくない」

紀伊水道の水深は二十〜七十メートルほどしかない。もし爆発すればその周辺にも大きな被害が出る可能性がある。そのため、テロ騒ぎで海上封鎖されている今のうちに爆破してしまおうということだ。

潜水艦に窓はない。全てがモニターの上に表示されるデータやグラフで深海の様子を想像するしかない。

いまも、ゴトンゴトンという振動がわずかに伝わってきただけだったが、マイヤーズが頷いた。

「トルピードズ・アウェイ」

魚雷が発射されたようだ。それにあわせて、一気に二十度以上傾いた。立っていたタカさんやマイヤーズは壁に巡らされたパイプを摑んだ。そして、豊川と曽根にも、ベッドのフレームに摑まるように指示した。

「空を飛ぶそうだ」

タカが説明してくれた。

水中での爆破は、水圧がダイレクトに船体に襲いかかる。そしてそれはどんなわずかな歪みも見逃さない。そのため、なるべく海面の近くにいき、衝撃をかわす。そのために猛スピードで上昇しているのだ。

艦内放送が、静かだが緊張感のある声を伝えた。

『ブレース・フォー・インパクト』

――衝撃に備えよ。

ガツン！　という衝撃のあと、一瞬無重力になった。水中を全速で急上昇し、その勢いのまま飛び出したのだ。

そして今度は急ブレーキをかけられたような衝撃が来てベッドから転がり落ちそうになったが、すぐに静かになった。

マイヤーズが壁にかかっていた電話を手にしてなにかを話していたが、満足そうに受話器を置いて、タカと言葉を交わした。

「クリスタルホライゾンの爆破は完了。この船体にも異常はないそうだ。さて――これから世間に対して、どうやって辻褄を合わせるか脚本作りが大変だ」

曽根がホットスープを両手で大事そうに包み込みながら聞いた。

「で、これからどうなるのかな？　俺はかみさんを大阪の安ホテルに送り込んだままだから、近くまで送ってくれるとありがたいんだが……さもなくば、一連のテロに匹敵するほどの惨事が待ち構えている」

通訳されたマイヤーズは首を傾げた。比喩が伝わらなかったようだ。

「ま、この潜水艦も、そのへんにひょっこり顔を出すわけにはいかないからさ。いったん太平洋上の空母に身柄を移して、そこからヘリを乗り継いで横田基地かなぁ。あと守秘義務の確認とかあるからさ、一週間くらいかかるかな。奥さんの件はこちらで手配するので」

曽根は、それは困るわぁ、と頭を抱えた。

「それから、トヨちゃんだけど、マイヤーズ大佐は一緒にやってほしいことがあるらしいんだが」

「CIAで、ですか？」

「そう。浸透計画は、すでに様々な占領計画の実行段階に入っている。迎え撃つ側もそれなりの組織でないと厳しくなる」

豊川は頷いた。

水面下で日本を占領するという浸透計画が送り込んだ人員は、長い時間をかけて政財界で影響力を持つまでになり、いまは蜂起の時を待っているという。

芽衣の仇を討つまではひとりでよかったが、これからはそうは言っていられなくなるだろう。

だが、いずれの組織にも属さない、神出鬼没のドリフターだからこそ対抗できることもあると感じていた。

「私には仲間がいます。しばらくはこのままで動かせてください。もちろん、協力は惜しみません」

曽根を見やる。

「新しい仲間もいますし」

曽根は眉根を寄せた。

「おいおい、そりゃどういうことだ。俺は別に――」

「なにが起こっているか知りたいとおっしゃいましたよね」

「いや、そうだけど、要約して教えてくれればそれでいいっていうか……。あのな、俺は定年間際のただの所轄刑事だぞ？」

「警察にも浸透計画が入り込んでいます」

曽根は口籠った。それから頭を掻いた。

「俺に警察組織を探れってか？　単なる地方公務員だぞ？　警視庁だけの話ならともかく、全国はわからん」

「わかる範囲でかまいません。浸透計画がどこから仕掛けるかわかりませんが、最終的には中央政府、首都東京を狙うはずです。その時に、浸透計画に与する動きが警視庁の中で起こっていないかを知れるのは心強い」

タカさんも頷いた。

「協力してくれたら我々も心強い。まあ、チームの平均年齢は気になりますがね」

大口を開けて笑うタカさんを見る。曽根のぶ然とした顔に、豊川もつられて笑った。

エピローグ

曽根は小村井駅を降りて、コンビニで紀州梅のおむすびとタマゴサンドを買い、向島署のデスクに座る。当直の他はまだ出勤していないようで、室内もかなり寒い。

あれからフィリピン沖に展開していたアメリカ第七艦隊の空母『ロナルド・レーガン』に乗り移り、ヘリでグアム基地へ移動し、そこから輸送機で横田基地に到着した。

豊川とはそこで別れた。明日また会うかのような気軽さで、行き先は聞いていない。

妻はクルーズ会社のお客様ケアを名乗る連中に手厚いサービスを受け、迎えにきた長男とひと足先に東京に戻っていた。よほどの好待遇だったのか、近年稀に見る機嫌の良さだった。

届けられた新聞を開く。クルーズ船の事故から一週間が過ぎているが、移り変わりの激しい世の中にあって、まだ二面に記事が載るくらいの関心は維持しているようだった。

クリスタルホライゾン号を乗っ取ったテロリスト集団『欧州聖域戦線の夜明け』の計画は失敗し、人質は全員が救助された。テロリストは船を爆破して逃走を図ったが、いまだにその実体は摑めていない――。そういう筋書きになった。

また、シアター内に集められていた人質たちを解放するために特殊部隊が投入されたとの証言が乗客から複数上がっていたが、日米どちらの政府も明言を避けている。

曽根はページをめくり、政治面を見る。

人質となっていた大阪府知事をはじめ、近畿圏で支持を伸ばしていた救民党だったが、神田幹事長の急死に伴い、数名が離党、その多くが政治家を引退している。

しかし、沢木が人質になってまで乗客の女性を救い、テロから生還したことは大きな話題になり、基盤は盤石のようだ。

曽根はこめかみを指先で掻きながら、机に置いた新聞を遠目に見た。

この記事にも浸透計画が関わっているかもしれない……。

豊川に協力してほしいと言われたが、まだ返事はしていない。

この老いぼれにできることなどタカがしれているし、定年後はのんびり過ごすつもりでいた。

ただ――知りたいという欲求には抗い難いものがあった。

だれにも自慢できることではないが、それでも、警察学校に入る時に思った正義を――それは刑事生活を送る上で曖昧な意味を持つようになったが、いまなら突き詰められるのではないか……。

「曽根さん、おはようございます！　今日から復帰なんですねー！」

着任して間もない庶務の女性職員が、〝バケーション明け〟の曽根を見つけて駆け寄ってきた。

「おやすみはどうでした？　ゆっくりできましたか？」

「まあ、それが意外と忙しくてね。ここに戻ってホッとしているよ」

夫婦喧嘩でもしたと思ったのか、やだー、と笑う職員に、曽根は思い出したように土産を手渡す。

「これ、みんなに分けてもらってもいいかな」

「はい、了解です……ていうか、どこに行かれていたんでしたっけ？」

土産物のほとんどは、横田から自宅に戻る途中に寄った、東京駅で購入したものだ。

「東京土産も入っていますけど」

不審を通り越して、笑いはじめていた。

「あ、そうだちょっと待ってください」

言い残すと、部屋の外に消えていく、その後ろ姿を見ながら思う。

——彼女が浸透計画の一員ということはあるのだろうか。

そう考え始めると、全ての人間が怪しく見えてしまってキリがない。人間不信に陥りそうだ。

やはり断ろうか。なにも知らず、平々凡々と過ごしたほうが幸せではないだろうか。

小走りに戻ってきた女性職員を見て、曽根は笑みを繕う。

「これ、曽根さんにお届け物です。落としませんでした？」

小さな紙袋に入っていたのは、大黒湯の手拭いだった。

洗濯はしてあったが、血の痕は落としきれなかったのか、うっすら残っている。それが、微妙な染め物のようにも思えた。

「これはいつ?」

「昨日です」

ということは、横田で豊川と別れた直後だ。直接手渡せばいいものを。

曽根はその手拭いを、右手に巻きつけた。

豊川と沈みゆく客船を駆け回り、あの冷たい海を漂ったことが蘇った。どこか夢でもみていたかのようだった出来事が事実であることを、手拭いが思い出させてくれた。

豊川は俺のことを命の恩人だなどと言っていたが、自分でもよくわからない。ただその場でやるべきことに突き動かされて行動しただけだった。

俺は決して強くはない。それに歳だ。ちょっとしたことで息は切れるし、物忘れも多い。

しかし……。

もう一度、手拭いのシミに目をやった。

そして、自分なりに戦ってみようと、決意を新たにした。

午後八時前、御堂筋の新橋北交差点の側道に、艶消し黒のランボルギーニ・ウラカンが止まっていた。

ハンドルを握っていた男は、カシミアのロングコートを着た女が信号待ちをするのを見て、ドアを跳ね上げると、駆け寄って声をかけた。

「なあ、食事でもせえへん？　嘘やと思うかもしれへんけど、デジャヴやねん。ほんまにあなたがここに立つ風景を夢で見たっていうか」

女は無視を決め込んでいたが、ランボルギーニが目に入って、そこから視線を外せなくなったようだった。

「食事？」

「そう、ここからちょっと離れてんけど、神戸に美味しいフレンチがあんねん。でも誰とでも行きたいって思える店やないから」

男は暗に、お前は俺に選ばれたのだ、と言っている。女も、品定めの一環としてご馳走になるくらいはいいだろうと思ったようだ。

だが、主導権は渡さないとばかりに、手にしていた有名ブランドのショッピングバッグを運ばせようとした。

そこに割り込む女がいた。

「きゃー、かっこいいー！　ね、乗せてくれへん？」

せっかくナンパが成功しそうになったところを邪魔されるわけにはいかないと、その女を払い除けようとしたが、その手が止まった。美人だったからだ。

男の軽薄さを目の当たりにしたカシミアの女は幻滅したようで、小さく「あほくさ」と言って信号を渡っていった。

「ちなみに今日は何時までいけるん？」

「何時でもええで」

と割り込んできた女は身をくねらせ、男は気が変わらないうちにホテルか自宅マンションに連れ込もうと思ったようだ。

「ほな、はよいこ」

そして自分の車に向き直った時、運転席に、男が座っているのを見て唖然とした。

「いい車だなぁ、これ。でも、俺には狭いかな」

そのランボルギーニは極端に全高が低く、豊川の身長では頭を打ちそうだった。

男は口をパクパクと開きながら、その場で失禁した。

「言ったよな、あの時。いい子になりますって」

女子大生を食い物にしていた三人組のうちのひとりだ。大学を中退後、しばらくはおとなしくしていたようだったが、親が資産家ということもあって、また調子に乗ってしまったようだ。

「ナ、ナンパは同意の、れ、恋愛だ」

声が震えていた。

「恋愛はいい。だが、一方的に傷つけるようなことをするのは見逃せない」

DVなどで悩む女性が、〝ティーチャー〟を三回ネットに書き込めば助けてくれるという噂が広がっていた。

そのなかに、この〝再犯者〟がいたわけだ。

言葉巧みに誘い、時にレイプまがいの行為を繰り返していたという。

「ねえ、どうしたん？　神戸までフレンチディナー・ドライブ連れてってくれへんの？」

後ろから男の首に手を絡める女は朱梨だ。

「あ、いや……えっと。ちょっと……あ、あそこのカフェで待っててくれへんかな」

豊川と朱梨の関係性を理解していない男からは、この状況であっても、あわよくば女を手放したくないという思いが透けていた。

朱梨も頭に来ていたのか、長く伸ばした爪の半分が頸動脈近くに突き刺さっている。

そのままスナップをきかせれば、切り裂かれてしまうだろう。

やはり怒らせたら怖い女だ、と豊川は再認識する。

「残念だが、ドライブはできないな」

豊川が言うと、車体後部のエンジン部分から白煙が昇り始め、やがて火が出た。もちろん、豊川がそうなるように仕込んだ。

「今日はナイフを持っていないのか？」

男は震えながら頷く。

「ずっと見られているってことを忘れるなよ。社会のクズに次はない」

そう言って背を向けるが、すぐに振り返って、ナイフで股間を切り落とすようなジェスチャーをしてみせた。

腰が抜けてその場にしゃがみ込んだのは、豊川への恐怖か、それとも愛車が燃えているからか。

サイレンを聞きながら、豊川は路地に入った。

「まったく、いつまでチンケなボランティアをするつもりなのよ。あたしたちが立ち向かうのは浸透計画よ？　こんなことで顔がネットにでもあげられたら、一発で浸透計画にバレてしまうわよ」

そのリスクは確かにあった。だが豊川にとってみると、そのチンケな問題は、浸透計画などの陰謀が及んでいない、〝日本の日常〟でもあるのだ。ひとつの問題を解決すれば、日本が少しだけよい世界になったということであり、自分がよくした日本を浸透計画から守らなければと思えるのだ。

ミャンマーのレポートから始まった浸透計画との因縁は断ち切り、芽衣の仇は今度こそ討った。

だが、いまは日本を守らなければならないという使命感がある。この〝ボランティア〟は、ささやかながら、その意志を支えているのだ。

「これから、なにが待ち受けているんだろうか」

どんよりとした空を見上げて呟く。

「そんなのわからへんよ。あたしだって、浸透計画からはいまだに指名手配中やし。まあ……なにが起こってもええように、とりあえず美味いもの食いに行こか」

豊川は口角を上げながら頷く。

「それなら、美味いお好み焼きともつ焼き屋を知っている。奢るぞ」

「あら、じゃあご馳走になろうかしら。どこ?」

南の方角を指差した。

「西成やで」

朱梨が不満げな顔をする。

「変な関西弁つかうな。しかもひとり千円で終わるやないかーい!」

豊川はウインクをしてみせた。

守るべき〝チンケ〟な世界がここにある。

本作品は書き下ろしです。

協力・アップルシード・エージェンシー

双葉文庫

か-60-02

ドリフター2
対消滅《ついしょうめつ》

2023年11月18日　第1刷発行

【著者】
梶永正史《かじながまさし》

【発行者】
箕浦克史
【発行所】
株式会社双葉社
〒162-8540 東京都新宿区東五軒町3番28号
［電話］03-5261-4818(営業部)　03-5261-4831(編集部)
www.futabasha.co.jp（双葉社の書籍・コミックが買えます）
【印刷所】
大日本印刷株式会社
【製本所】
大日本印刷株式会社
【カバー印刷】
株式会社久栄社
【DTP】
株式会社ビーワークス
【フォーマット・デザイン】
日下潤一

ISBN978-4-575-52705-6 C0193
Printed in Japan